LA SANTA JUANA

(Segunda Parte)

Tirso de Molina

Sitio web : http://culturea.fr
Impresión: BOD - Books on Demand
(Norderstedt, Alemania)
Correo electrónico : infos@culturea.fr
ISBN :9791041810895
Depósito legal : abril 2023

PERSONAS QUE HABLAN EN ELLA:

- **CRISTO**
- **La SANTA Juana**
- **El ÁNGEL de la guarda**
- **San ANTONIO de Padua**
- **El niño, JESÚS**
- **San FRANCISCO**
- **CRISTO CRUCIFICADO**
- **Sor EVANGELISTA**
- **Unas MONJAS**
- **MENGA**
- **MARI Pascuala**
- **CARLOS V, Emperador**
- **Don JORGE**
- **LILLO**
- **CRESPO**
- **MENGO**
- **BERRUECO**
- **MINGO**
- **Un PAJE**
- **Otra GENTE**
- **PASTORES**
- **La VICARIA**
- **La ABADESA**

ACTO PRIMERO

MÚSICA, y salen la SANTA y el ÁNGEL arriba, que va bajando hasta la mitad del tablado, y la SANTA subiendo de él al mismo tiempo, hasta emparejar los dos, y entonces cesa la música

ÁNGEL: Esposa cara del Monarca eterno,
contra cuyo poder no prevalecen
las puertas tristes del Tartáreo infierno;
las entrañas de Dios que se enternecen
con el agua sabrosa de tu llanto
remedio al mundo por tu ruego ofrecen.
Delante de su altar, tálamo santo,
llorando estabas el estrago horrible
que al mundo anuncia confusión y espanto
por la ponzoña del dragón terrible
de las siete cabezas que en Sajonia
niega la ley católica infalible.
Llorabas que con falsa ceremonia
y hipócrita apariencia, el vil Lutero
imitase a Nembrot en Babilonia,
y que el rebaño del Pastor cordero,
este lobo, en oveja disfrazado,
despedazase con estrago fiero.
Llorabas que se hubiese dilatado
su blásfema y pestífera dotrina
por Alemania y su imperial estado,
y que, cual de la máquina divina,
derribó la tercer parte de estrellas
la angélica soberbia serpentina,
este Anticristo austral, las leyes bellas
de la alemana iglesia derribase,
asolando la mies de Dios con ellas.
Lloras el ver que tanto cáncer pase
tan adelante y su infernal blasfemia
que lo mejor de vuestra Europa abrase.
El católico reino de Bohemia

la verdadera ley de Dios destierra,
y al apóstata falso sirve y premia.
  Flandes le sigue ya, e Ingalaterra
sus desatinos tiene por ganancia,
desamparando a Dios su gente y tierra,
  Polonia, Hungría y la cristiana Francia
frenéticas aprueban los errores
que el vicio trajo al mundo y la ignorancia;
  por esto lloras, y es razón que llores
pérdida tan notable.

SANTA: ¡Ay, Ángel mío!
Comprando Dios a costa de dolores
  .... [-ío]
.... [-anto]
.... [-ío]
  .... [-anto]
las almas con su sangre redimidas,
¿tantas se han de perder costando tanto?
  De tres partes del mundo están perdidas
las dos, porque Asia y África no adoran
sino de Agar las leyes pervertidas;
  los más la luz de la verdad ignoran,
y perdido el camino verdadero,
al despeñarse sin remedio lloran,
  pues si agora el apóstata Lutero
este rincón de nuestra Europa abrasa
con la doctrina falsa y el acero;
  si a Europa, que es columna firme y basa
de nuestra militante Monarquía,
los límites que Dios la puso pasa,
  ¿quién duda que la bárbara herejía
de mar a mar ensanchará el imperio
que tuvo antes la ciega idolatría?
  No permita mi Dios que en cautiverio
tenga a su pueblo el condenado Egipto
ni pase la verdad tal vituperio.
  Bien sé que este rigor es por delito
de mis culpas, que son merecedoras
de un castigo inmortal, Ángel bendito;
  pero páguelo yo.

ÁNGEL: Por ver que lloras
con tanto afecto, Dios, por el estado
de la iglesia y su ley que humilde adoras,
desde aquí, Juana Santa, me ha mandado
que te venga a enseñar el fértil fruto
que en las Indias España al cielo ha dado.

Van subiendo los dos hasta el un ángulo superior, y descúbrese en un nicho de él una estatua de don Hernando Cortés, viejo, armado a la antigua, con bastón y un mundo a los pies

Si un pequeño rincón paga tributo
en Europa a Lutero, pervertido
por la ambición, que le hace disoluto,
un nuevo mundo rico y extendido
ha descubierto la romana barca
que al yugo de la Cruz está rendido.
Mira al pesar del bárbaro heresiarca
este nuevo Alejandro que conquista
el orbe indiano al español monarca.
Don Hernando Cortés, con cuya vista
se alegra el Mar del Norte, es éste, Juana,
digno de que sea yo su coronista.
Por él se extiende nuestra ley cristiana
por infinitas leguas, y al bautismo
regiones inauditas vence y gana.
Éste es quien pasa el fluctuoso abismo
que márgenes de plata y oro baña,
y para eternizar su nombre mismo
a vuestra España da otra Nueva España,
muerte a la idolatría, almas al cielo,
y a su linaje una inmortal hazaña.
SANTA: Ya, soberano Ángel me consuelo
viendo lo que la ley de Dios se extiende
y que le adora tan remoto suelo.
¡Oh, ilustre capitán! Si el tiempo ofende
la memoria de hazañas infinitas,
defienda Dios la tuya, pues defiende

su ley tu brazo y las colunas quitas
del estrecho de Cádiz, por ponellas
en tierras y naciones inauditas.
Esculpa el mundo tu renombre en ellas,
pues a la iglesia das el occidente
y el cielo pueblas otra vez de estrellas.

(Pasan los dos por el aire al otro ángulo del tablado y en él enséñale una estatua de don Alonso de Alburquerque, viejo, a lo portugués antiguo, con otro mundo a los pies, y bastón

ÁNGEL: Vuelve agora los ojos al oriente
y verás la nación del griego Luso
y las hazañas de su ilustre gente.
Este fiel capitán las quinas puso
desde el Atlante monte al mar Bermejo,
a pesar del idólatra confuso.
Mira en aquellas canas el consejo
y el valor de la fe en aquella espada,
que en uno y otro fue español espejo.
Por él ha vuelto nuestra ley sagrada,
a hacer que en Asia el bárbaro se asombre
viendo en ella su iglesia restaurada.
SANTA: Ángel, ¿quién es tan milagroso hombre?
ÁNGEL: Alonso de Alburquerque, lusitano,
que de magno ganó fama y renombre.
Éste, venciendo al moro y al pagano,
al etíope torpe, al ciego persa,
la cruz dilata con valor cristiano.
Si gente, pues, tan bárbara y diversa
en América y Asia a Dios adora,
¿qué importa que la herética perversa
contra el cielo publique guerra agora,
si por una provincia sola gana
dos mundos cuyas almas atesora?
SANTA: ¡Oh nobleza católica y cristiana
de Portugal! ¡Oh célebre Castilla!
¡Viva la ley de Cristo soberana!

Alegre estoy de ver tal maravilla.

ÁNGEL: Aunque el rey don Manuel dichoso
tiene la lusitana y invencible silla,
ya el tiempo deseado a España viene
en que se junten los castillos de oro
con las sagradas quinas; ya conviene
que dando al cielo un Sebastián el moro,
goce en España el Salomón segundo
con Portugal un orbe lleno de oro.

Bajan un poco y en la mitad del teatro descúbrese otra estatua de Filipo segundo, viejo, con dos mundos a sus pies

Ya el césar Carlos quinto ha dado al mundo
un Filipo primero, que el primero
de quien nació Alejandro, aunque es segundo.
Su ilustre imagen enseñarte quiero
del modo que en edad grave y madura
en oro ha de volver la edad de acero.
Aquí la cristiandad está segura;
la justicia en su punto y la prudencia.

SANTA: Su gravedad deleita y compostura,
respeto pone su real presencia.

ÁNGEL: Dos mundos a sus pies sujeta el cielo;
y cada cual su nombre reverencia;
enjuga, pues, el llanto y desconsuelo,
pues que tan dilatada, Juana, has visto
la ley divina que respeta el cielo,
que si el sajón, apóstata anticristo,
la potestad del cielo a Roma niega,
y a quien es en su silla vice-Cristo,
y con malicia y pertinacia ciega
las indulgencias de las cuentas santas
contradice y blasfemias loco alega,
por eso Dios ha dado gracias tantas
a las sagradas cuentas que su hijo
te dió, con que su ceguedad quebrantas;
para contradecirle las bendijo.

Y en fe de que el rosario santo
aprueba que el sacrílego fiero contradijo,
  un árbol ha nacido y planta nueva
en la isla de Irlanda en este instante
que en vez de fruta mil rosarios lleva.
  Jamás el mundo vio su semejante;
nació y creció en un punto, convenciendo
al pueblo pervertido e ignorante;
  de sus ramas las cuentas están viendo,
que como de las parras los racimos,
en fe de la fe santa están pendiendo.

Descúbrese un árbol lleno de rosarios arriba

Aquéste el árbol es.
SANTA: ¡Qué merecimos
en nuestros tiempos ver, rosarios santos,
el árbol de quien sois frutos opimos!
  Celebre el cielo con alegres cantos
hazaña tan ilustre y portentosa,
pues tal consuelo dais a nuestros llantos.
ÁNGEL: De esta suerte la mano poderosa
de Dios castiga, y de esta suerte sana.

Bajan volando al tablado

SANTA: ¿Qué merecí, señor, ser vuestra esposa?
ÁNGEL: Carlos quinto ha venido a verte, Juana.
SANTA: ¿Adónde, pues, se va Vuestra Hermosura?
ÁNGEL: Contigo quedo. ¡Oh vista soberana,
gran consuelo, gran suerte, gran ventura!

Sale volando el ÁNGEL, todo se encubre. Salen el emperador CARLOS Quinto y acompañamiento, y don JORGE, del hábito de Santiago, y LILLO

SANTA: Señor, ¿otra vez honráis
ésta vuestra humilde casa?
CARLOS: Si vos, madre, en ella estáis,
¿quién por vuestras puertas pasa
sin que vos le bendigáis?
Soy yo muy devoto vuestro,
y así lo que os quiero muestro.
SANTA: A lo menos sois, señor,
de la cristiandad favor,
y por eso lo sois nuestro.
CARLOS: La guerra, madre, publico
contra el hereje que ampara
el duque Juan Federico
de Sajonia y se declara
contra el imperio. Es muy rico
y poderoso, y también
quiere el Lanzgrave de Hesén
defender las falsedades
de Lutero y cien ciudades
rebeldes; pero aunque estén
tan poderosos, entiendo
de la verdad que defiendo
que el áspid he de pisar
y el basilisco, y quitar
del mundo este monstruo horrendo.
Por esto antes de partirme,
madre, en tan ardua ocasión,
de vos vengo a despedirme,
por que vuestra bendición
nuestras victorias confirme.
SANTA: Id, columna de la fe,
gloria del nombre español,
que, porque vitoria os dé,
haréis que detenga el sol
su curso cual Josué.
El rebelado alemán
y el flamenco os labrarán
estatuas de bronce y oro,
vencido en Túnez el moro
como en Buda Solimán.

De vuestra parte tenéis
a Dios, pues, por varios modos,
por que más fama cobréis,
en Yuste vencidos todos,
a vos mismo os venceréis.
El cielo os dé su favor,
pues que sois su defensor
y de estos reinos espejo.

CARLOS: Con grande cuidado dejo,
madre, ya al gobernador
de España ya encomendada
esta casa.

SANTA: Siempre ha sido
de su valor amparada.

CARLOS: Yo estoy muy agradecido
por veros siempre ocupada
en encomendarme a Dios,
pues, ayudándome vos,
bien a España regiré,
y muy seguro podré
partirme. Adiós, madre, adiós;
y advertid también que queda
don Jorge muy encargado
que os acuda en cuanto pueda.
Aquesta villa le he dado,
con otras muchas que hereda,
y con tan noble vecino,
que enriquecerá imagino
esta casa y posesión,
que es don Jorge de Aragón,
madre Juana, mi sobrino.

JORGE: Soy tu hechura.

CARLOS: Hacer alarde
del valor que vive en vos,
y vamos de aquí, que es tarde.
Madre, encomendadme a Dios.

SANTA: Él os dé vitoria y guarde.

Vase la SANTA por una puerta. Al irse por la otra acompañando al emperador CARLOS Quinto, don JORGE se vuelve

a él y le dice

CARLOS: ¿Dónde vais?
JORGE: A acompañar
a vuestra Majestad voy.
CARLOS: Quedaos, don Jorge, a tomar
de los lugares que os doy
la posesión y a gozar
el nuevo y alegre estado;
que estáis recien desposado.
Mas sírvaos el casamiento
de más sosiego y asiento
que hasta ahora habéis mostrado,
que habéis sido muy travieso;
y pues ya tenéis edad,
si con ella viene el seso,
pasen con la mocedad
las locuras.
JORGE: Tus pies beso
y serte otro te prometo.
CARLOS: Quedaos, pues, y sed discreto.
JORGE: Prospere tu vida Dios.
CARLOS: Enojaréme con vos,
don Jorge, si andais inquieto.

Vanse el emperador CARLOS Quinto y su acompañamiento

LILLO: Dile que dónde predica
mañana su majestad.
JORGE: En vano a la voluntad
desbocada el freno aplica
porque no corra veloz.
LILLO: ¿Al gato pone maneotas?
Dile que las tiene rotas,
y si llega dale coz.
¡Par Dios, que es linda la flema!
A un Fray Guarín te redujo.

JORGE: Malo soy para cartujo
y loco en seguir mi tema.
Verdad es que estoy casado;
pero ¿por eso he de estar
privado de otro manjar?
LILLO: Cocido come y asado
quien tiene caudal, señor,
y también puede un marido,
si el matrimonio es cocido,
dar vueltas al asador
y alcanzar de una perdiz
las dos pechugas.
JORGE: Bien dices.
LILLO: Son las villanas, perdices
que no ofenden la nariz,
porque huelen a tomillo,
y el tercero es el trinchante
que se las pone delante.
JORGE: Pues mi trinchante eres, Lillo,
caza y parte.
LILLO: ¡Bueno es eso!
Lo mejor te comerás,
y dándome lo demás
dirás, "Róete ese hueso."
JORGE: Hermosas labradorcillas
hay en Cubas.
LILLO: Encubarlas
si te agradan, o alcanzarlas.
JORGE: Lillo, hermosuras sencillas
entre tosca frisa y paño
son las que busco y codicio,
que siempre del artificio
dicen que se hizo el engaño.
Da al diablo tanto tocado,
tanta seda y guarnición,
gigantes que en procesión
son paja y visten brocado.
LILLO: Nunca de esas hago cuenta,
porque ya es cosa sabida
que carne que está sentida

la disfrazan con pimienta.
  Enfádame la mujer
que gasta galas sin suma,
porque ave de mucha pluma
tiene poco que comer.
  Llega, que si te regala
el donaire labrador,
siendo de Cubas señor
cobrar pueden alcabala,
  sin cortesanos trabajos,
de sus ninfas tus deseos,
pues si damas son rodeos
labradoras son atajos.

JORGE: A medida vino a hallarte
mi amor de su gusto.

LILLO: Fui
hurón un tiempo o neblí.

JORGE: ¿De quién?

LILLO: De Francisco Loarte
  en Illescas, que perdido
por esta santa mujer
que agora acabas de ver
pretendió ser su marido;
  pero como se acogió
a fidelium, de su tierra
se fué a Flandes a la guerra
y sin amo me dejó;
  mas entrándote a servir
todo en ti lo vine a hallar.

JORGE: ¿Qué fiesta es ésta?

LILLO: El lugar
que te sale a recibir.

Salen CRESPO y MINGO, alcaldes; BERRUECO, MARI Pascuala, MENGA, MÚSICOS labradores
Cantan

MÚSICOS: "*El comendador,*
bendiga vos Dios."

MÚSICO 1: *"La Virgen de Illescas..."*
MÚSICO 2: *"Señor San Antón..."*
TODOS: *"Pues venís a Cubas..."*
MÚSICO 2: *"El Comendador..."*
MÚSICO 1: *"A ser nuevo dueño..."*
MÚSICO 2: *"Bendiga vos Dios."*
MÚSICO 1: *"La Virgen de Illescas..."*
MÚSICO 2: *"Vos dé bendición..."*
MÚSICO 1: *"El cirio pascual..."*
MÚSICO 2: *"Señor San Antón..."*
TODOS: *"El Comendador..."*
MÚSICO 1: *"La vuesa esposica..."*
MÚSICO 2: *"Os para un garzón..."*
MÚSICO 1: *"Como un Holofernes..."*
MÚSICO 2: *"Como un Salomón..."*
MÚSICO 1: *"Que vaya a la guerra..."*
MÚSICO 2: *"Y de dos en dos..."*
MÚSICO 1: *"Prenda los moricos..."*
MÚSICO 2: *"Que en Sansueña son..."*
TODOS: *"El Comendador."*

BERRUECO: Agora habéis de llegar
y helle una remenencia.
MINGO: Dios mantenga a su cubencia.

BERRUECO: ¿Cubencia?
MINGO: ¿No ha de mandar
a Cubas?
BERRUECO: Sí.
MINGO: Pues bien puede
llamarse Cubencia.
CRESPO: Sí.
MINGO: Los dos venimos aquí
ambos a dos, sin que quede
de todos cuatro costados
quien no venga con los dos,
porque, en fin, los dos, par Dios,
somos hogaño empalados.
Venimos a recebillo
por nueso dueño a compás,

y porque no es para más
guarde os Dios. Porte un cuartillo.
JORGE: ¡Gracioso recibimiento!
MINGO: Llegad vos.
CRESPO: ¿Llegaré?
MINGO: Sí.
CRESPO: A Mingo Pulgar y a mí
nos cupo el embazamiento
de hogaño, y Martín Berrueco,
hijo de Gil Porquerizo,
Bras Moreno y Sancho Erizo,
Pero Antón y Agustín Seco,
el cura y el herrador,
y el barbero Herrán Bermejo,
entramos hoy en concejo
a tomaros por señor,
y pues tomado os habemos,
en volviendo a entrar los dos
pero, ¿qué os importa a vos
de que entremos o no entremos?
A ser nueso dueño entráis,
y por ahorrar escritura,
tal os dé Dios la ventura
como nos la deseáis.
TODOS: Amén.
JORGE: Sois muy elocuente;
dado me habéis gran contento;
bien habláis.
CRESPO: Yo só un jumento
no quitando lo presente.
JORGE: ¿Es vuestra hija esta zagala?
CRESPO: (¡Qué presto que la atisbó!) **Aparte**
BERRUECO: Yo só su padre.
JORGE: ¿Vos?
BERRUECO: Yo.
JORGE: ¡Buena cara!
CRESPO: No era mala
para vuesa señoría
si podiera ser su igual.
JORGE: ¿Llamáisos?

MARI: Mari Pascual.
JORGE: Mucho me agradáis, María.
MARI: Por muchos años y buenos.
JORGE: Vamos.
LILLO: ¿Agrádate?
JORGE: Sí.
LILLO: Echóla calza.
JORGE: Vení.
la de los ojos morenos.

Vanse don JORGE y MARI Pascuala

MINGO: Golosmero me paresce
el comendador, alcalde.
Si se os pegare, ojealde
de la moza.
CRESPO: Si en sus trece
se está, en casa hay sana amores
que del alma los arranca,
porque entre otras habrá tranca
para los comendadores.

Vanse todos. Salen la VICARIA, sor EVANGELISTA y otra MONJA

VICARIA: Madres, bien puede ser santa,
pero no lo he de creer;
privarla tengo de hacer
del oficio.
EVANGELISTA: ¡Que sea tanta
su pasión! ¿No considera
los milagros que Dios hace
por ella?
VICARIA: Todo eso nace,
madres, de que es hechicera
Soror Juana de la Cruz.
EVANGELISTA: No diga tal cosa, acabe.
VICARIA: Venir el demonio sabe

en forma de ángel de luz,
  y él es quien habla por ella
tantas lenguas; no hay que hablar;
al provincial he de dar
cuenta de que está por ella
  destrüida nuestra casa.

EVANGELISTA: ¿Destrüida? Pues ¿tuviera
qué comer si ella no fuera
.... [-asa]
  su prelada?

VICARIA: Si el beneficio
que el arzobispo nos dio
de Cubas ya le impetró
otro por Roma, ¿es buen juicio
  meterse una religiosa
en pleitos, y que defienda
a costa de tanta hacienda
tan impertinente cosa?
  ¿Qué nos importa un curato?

EVANGELISTA: ¿Qué? La honra y el sustento
de todo nuestro convento.

VICARIA: ¿Y hanos salido barato,
  si para el pleito ha vendido
hasta los cálices?

EVANGELISTA: Sí.

VICARIA: El provincial vendrá aquí
y sabrá que ha destrüido
  nuestra hacienda.

EVANGELISTA: Venga acá.
¿Qué hacienda en la cruz halló
Soror Juana cuando entró
a gobernarla? Dirá
  que nueve reales de renta
solamente. Pues de pan,
por su ocasión, ¿no nos dan
cada año ciento y cincuenta
  fanegas, y de dinero
casi docientos ducados
con que tiene remediados
nuestros trabajos? Si quiero

contarla los beneficios
que la debe nuestra casa,
¿no sabe que son sin tasa?
¿Qué celdas o qué edificios
tenía, si no labrara
este cuarto y aposentos?
¿No nos ha dado ornamentos?
Sin ella, ¿quién la habitara?
¿Quién nos da reputación?
Mas hala puesto a los ojos
la envidia vil sus antojos
y así no ve la razón.

VICARIA: Predíqueme por su vida
la hipócrita, idiota, necia,
que ya yo sé que se precia
de la santidad fingida
de su abadesa. Igual fuera
que acabara de aprender
la mentecata a leer
para que rezar supiera
sin venirme a predicar.

EVANGELISTA: Tiene infinitas razones,
daréla mil ocasiones.
Los pies la quiero besar.

VICARIA: Todo el convento ha caído
en la cuenta de quién es
Juana de la Cruz después
que con embustes ha sido
por santa reverenciada;
todos saben mi caudal,
y así harán al provincial
que me elija por prelada,
y entonces verán las dos
si con hechizos y encantos
hacen milagros los santos.

Vase

EVANGELISTA: Madre, espere, aguarde. ¡Ay Dios!
¡Qué gran tropel de trabajos
contra mi madre querida
se levantan! Mas la vida
llega por estos atajos
a la ciudad soberana
donde reina un Dios cordero;
mas presto ir a avisar quiero
de todo a mi madre Juana.

Vanse. Salen la SANTA y el ÁNGEL llorando

SANTA: ¿Vos llorando, Ángel bendito?
¿Vos con tanto desconsuelo?
Nunca el llanto entró en el cielo,
porque nunca entró el delito.
Todo es contento infinito,
que de la presencia viene
de aquella fuente perenne
que eternamente gozáis.
¿Cómo, pues, Ángel, lloráis,
si el cielo llantos no tiene?
No haya más, mi San Laurel,
mi custodio, mi ventura.
Enjugue Vuestra Hermosura
ese sol, pues me veo en él.
¿Qué daño o qué mal crüel
es bastante a que os desvele,
ángel mío? ¿O cuándo suele
suceder lo que hoy se ve,
que un ángel llorando esté
y una mujer le consuele?
Mas ¡ay de mi! Ya he caído
en la cuenta de ese llanto;
algún pecado, Ángel santo,
contra Dios he cometido.
Mil veces he merecido
por mis culpas el infierno;

¿es acaso el llanto tierno
porque condenada estoy
que bien sé cuán digna soy
del fuego y castigo eterno?

ÁNGEL: Segura está tu conciencia,
Juana; nunca has cometido
culpa mortal. Siempre has sido
monja vieja en la inocencia.
Aunque lloro en la apariencia no
lloro por propiedad,
que los que ven la deidad
infinita y soberana
jamás pueden llorar, Juana,
ni sentir penalidad.
Hete parecido ansí
en muestras y testimonio
de que ha pedido el demonio
licencia a Dios contra ti;
si te regaló hasta aquí,
como a Job probarte intenta,
y el común contrario inventa
un tropel de tempestades,
trabajos, enfermedades,
desprecio, agravio y afrenta.
Dios los trabajos amó
.... [-erte]
en el mundo, de tal suerte;
jamás, Juana los dejó.
¿Qué santo no los pasó?
Ninguno; que son favores
de Cristo, y en sus amores
son su escogida librea,
y quien amarle desea
justo es traiga sus colores.

SANTA: Pues ¿por eso es la tristeza?
Trocad vuestro llanto en risa;
lluevan trabajos a prisa
pues vos me dais fortaleza.
Bien sabe vuestra belleza
lo que ha que yo pido a Dios

que, pues que somos los dos
esposos, nos parezcamos
en que los dos padezcamos.
Si ya lo alcanzo por vos,
  vengan penas y castigos
que del cielo son atajos,
pues, dicen, que en los trabajos
se echan de ver los amigos;
que si amó a los enemigos,
porque en ellos halló
el bien de las penas, yo
también sigo sus plantas divinas,
pues entre zarzas y espinas
Dios se apareció a Moisén.

Aparécese CRISTO con la cruz a cuestas, arriba, coronado de espinas, y a su lado una silla de brocado y sobre ella una corona de oro

CRISTO: Juana, varón de dolores
me llamo yo en la Escritura;
quien imitarme procura
busque espinas, deje flores.
El que goza mis favores
pasar por trabajos trata,
y aunque el mundo más le abata,
con los trabajos se esfuerza,
que el cielo padece fuerza
y el violento le arrebata.
  Para llegar a esta silla
tienes de entrar por la puerta
de esta cruz, que no está abierta
sino para el que se humilla.
Procura, esposa, adquirilla,
y si a los premios te inclinas
del cielo, adonde caminas,
lleva, Juana, en la memoria
que esta corona de gloria
cuesta corona de espinas.

Encúbrese

SANTA: ¡Oh! espinas, rico caudal
de la celestial grandeza,
Dios os pone en su cabeza
como provisión real.
Si premio tan inmortal
da por trabajos el cielo,
persígame todo el suelo.
Ya me apresto a la conquista,
Ángel, que con vuestra vista
todo me dará consuelo.

Vanse. Salen MARI Pascuala con un cántaro de agua, como que viene de la fuente, y don JORGE

MARI: Déjeme, que vó de prisa.
¡Qué importuno es su mercé!
JORGE: María: escúchame un poco.
MARI: Dado le ave, apártese
que me aguarda mi marido.
JORGE: Aquí os aguarda también,
aguadora de mis ojos,
un alma muerta de sed.
MARI: Pues ¿qué quiere el alma agora?
JORGE: ¿Qué? que la deis de beber.
Dadme solamente un trago.
Mitigaráse con él
mi fuego.
MARI: Allí está la huente;
si no, yo le llevaré
al pilón, donde se harte.
JORGE: Ea, no seáis crüel.
MARI: ¿Bebe el alma?
JORGE: Por los ojos
bebe el veneno que ven.
MARI: No se llegue, que en mi alma...

JORGE: ¿Qué?
MARI: Que le remojaré.
JORGE: Negar el agua es crueldad.
MARI: Sí; ¿agua sola quería él?
¡Quien no se las entendiese!
JORGE: Como esas manos me den
de beber, iré contento.
MARI: Pues ¿no dice su mercé
que se está quemando?
JORGE: Sí.
MARI: Estará sudando, pues,
y beber agua sudando,
mataréle.
JORGE: Comeré
el blanco terrón de azúcar
de esas manos.
MARI: ¡Oxte! Iré
buena yo a casa sin manos
habiéndolas menester.
JORGE: ¿Para qué?
MARI: ¡Linda pescuda!
¡Para fregar y barrer!
JORGE: ¿Del agua sois avarienta?
MARI: Sí, porque le mataré.

JORGE: Muera Marta, y muera harta.
MARI: Que me aguardan, déjeme.
JORGE: ¡Agua, Dios...!
MARI: Que ruin se moja.
JORGE: Tomaréla.
MARI: Pues a fe
si llega y digo "agua va..."
JORGE: ¿Qué?
MARI: Que le remojaré.
JORGE: Ved que os quiero bien, María.
MARI: ¿Por qué no me heis de querer?
¿Heos hecho yo algún mal?
JORGE: Sí.
MARI: ¿Qué mal?
JORGE: Muértome.

MARI: ¿De qué?
JORGE: De ojo.
MARI: ¡Chico es el niño!
JORGE: Es verdad. Niño Amor es.
MARI: ¿Quiere una cuenta de azogue,
o una higa para él?
JORGE: ¿Qué mas cuenta que el perderla,
qué más higa que un desdén,
qué más ojo que el miraros,
qué más mal que el querer bien?
MARI: ¿Qué bien quiere?
JORGE: Estoy perdido.
MARI: ¿De qué se perdió?
JORGE: Jugué.
MARI: ¿Qué juego?
JORGE: A la gana pierde.
MARI: ¿Cómo?
JORGE: Perdiendo gané.
MARI: ¿Qué ganó?
JORGE: Esta coyuntura.
MARI: ¿Y qué perdió?
JORGE: Todo el bien.
MARI: ¿De qué?
JORGE: De la voluntad.
MARI: ¿Qué es amor?
JORGE: Un no sé qué.
MARI: ¿No sabe qué?
JORGE: No, María.
MARI: ¡Bueno!
JORGE: ¿Queréislo saber?
MARI: Sí.
JORGE: Escuchad.
MARI: No se me acerque,
porque le remojaré.

Tómala una mano

JORGE: ¿Hay tal mano? ¿hay tal blancura
MARI: Agarrómela, pardiéz.

JORGE: Déjamela dar mil besos.
MARI: Bese presto y váyase.
JORGE: ¿Quiéresme bien?
MARI: Un poquillo.
JORGE: Paga mi amor.
MARI: No hay con qué.
JORGE: ¿Qué te falta?
MARI: No ser mía.
JORGE: Pues ¿cúya?
MARI: De un Locifer
que hasta los pasos me cuenta.
JORGE: ¿Los pasos cuenta?
MARI: Sí, a fe.
JORGE: Lo contado como el lobo;
cuando quiere una mujer,
no hay llaves, puertas ni muros;
quiéreme tú, que yo haré
fáciles los imposibles.
MARI: Vedme mañana otra vez,
que soy agora madrina
de un bateo y pienso que es
tarde y me esperan en casa.
JORGE: Pues yo el padrino seré.
MARI: No, señor; que es el barbero.
JORGE: Por verte a ti le iré a ver.
MARI: Aquí en la Cruz se bautiza,
y es hijo del sacristén.
JORGE: ¿Al fin me quieres?
MARI: El diabro
en esos ojos tenéis
que me reconcome el alma
desde el punto que os miré.

Sale LILLO

LILLO: Señores: el espantajo
ha venido.
MARI: ¡Ay Dios! ¿Qué haré?
JORGE: Adiós.
MARI: Adiós.
JORGE: Mucha os quiero,

María.

MARI: Yo a vos también.

Vanse don JORGE y LILLO. Sale CRESPO

CRESPO: (¿"Yo á vos también," al partirse **Aparte**
don Jorge de mi mujer?
No anda bueno el reportorio;
pero yo le enmendaré.)

MARI: ¡Crespo mío!

CRESPO: ¿Qué os quería
don Jorge?

MARI: Aquí le encontré
y mandóme que os pidiese
que hoy el galgo le prestéis.

CRESPO: Pedidle a Crespo, que os ama,
el galgo, y yo a vos también.
No viene bien la respuesta,
ni la excusa vino bien.
Ea, ea, a casa, María,
que cuando el bateo esté
acabado, dos liciones
os daré de responder.

MARI: Pues ¿qué tenemos?

CRESPO: No, nada;
ratoneras sé yo her
donde los golosos cojo.
(Jorgito, yo os cazaré.) **Aparte**
No es esta agua toda limpia;
vaciadla y venid. ¿Qué hacéis?

MARI: (Si el miedo llevan que yo **Aparte**
todas las que quieren bien,
¡huego de Dios en el bien
querer! Amén, amén.)

Vanse. Salen el ÁNGEL y la SANTA

ÁNGEL: Juana, Dios manda que tu misma historia
y los milagros que contigo ha hecho
escribas, porque todo sea en gloria
de su eterno poder y en tu provecho.
SANTA: ¡Ay, Ángel santo! Y si la vanagloria
que tantas buenas obras ha deshecho,
asalta el alma y mi humildad derriba,
¿qué servirá que yo mi historia escriba?
ÁNGEL: Dios, que lo manda, te dará su ayuda.
SANTA: Ángel, ¿yo he de escribir en mi alabanza?
¿No sabéis vos que la virtud es muda?
¿No sabéis vos que la ambición se alcanza
con la propia jactancia y que se muda
la humildad en soberbia?
ÁNGEL: No hay mudanza
que a las virtudes haga resistencia
si en la humildad fabrica la obediencia,
cuanto y más que escribiendo maravillas
de Dios, tu Esposo, su poder levantas
y a ti te abate más con escribillas,
por ser indigna de mercedes tantas.
SANTA: Nunca yo he merecido recibillas;
pero, Ángel santo, tú que siempre cantas
en la presencia de mi Esposo eterno,
de el "Sancto, Sancto, Sancto," el himno tierno,
suplícote me alcances de él licencia
para que no sea yo mi coronista
ni quiebre la virtud de la obediencia,
que la alabanza a la virtud conquista.
ÁNGEL: Eso y más te concede su clemencia;
mas manda que María EVANGELista,
cuya lengua su eterno poder toca,
tu vida escriba de tu misma boca.
SANTA: Si no sabe leer ni escribir sabe,
¿cómo ha de sér?
ÁNGEL: La omnipotencia suma
no hay cosa que no pueda y que no acabe;
ella es quien rige ya su mano y pluma.
SANTA: Su nombre santo el cielo y tierra alabe;
pues Él lo manda, no es razón presuma

resistir su divino mandamiento.
Su esclava soy, su voluntad consiento.

ÁNGEL: Ya se te acerca, Juana, el fiero trance
de los trabajos con que Dios permite
que tu paciencia tu corona alcance.

SANTA: Regalos son que mi obediencia admite;
mucho espero medrar en este lance.

ÁNGEL: Toda la casa pide que te quite
el oficio que tienes de abadesa.

SANTA: Con gran razón mi indignidad confiesa.

ÁNGEL: Gran torbellino contra ti levanta
el demonio; de afrentas perseguida
de todos has de ser.

SANTA: Nada me espanta,
si Dios me da favor.

ÁNGEL: A que le pida
a Dios, la reina de la corte santa
me parto al cielo. Adiós, Juana querida.

Vase

SANTA: Al arma toca el mundo. cuerpo bajo,
vamos a ejercitarnos al trabajo.
Antes que entremos, Juana, en la batalla
hagamos militares ejercicios.
¿No tengo yo una cota hecha de malla?
A vestírmela voy contra los vicios.
Corona tiene Dios; para alcanzalla
no son malas escalas los cilicios;
por espinas da Dios sillas divinas.
Al arma, Juana, pues; buscad espinas.

Vase. Sale sor María EVANGELISTA

EVANGELISTA: Madre Abadesa, amada madre Juana,
¡gran milagro! Que sé leer y escribo.
De la mano de Cristo soberana
por su ocasión esta merced recibo.

¡Oh qué letora soy! ¡Oh qué escribana!
No tendrá la vicaria más motivo
de afrentarme de torpe y de ignorante.
Leer y escribir supe en un instante.
¿Dónde está, madre nuestra?

Aparécese la SANTA en una cruz, coronada de espinas, con una soga al cuello y una túnica de zayo, y bájase de ella cuando la llama sor EVANGELISTA

SANTA: ¿Quién me llama?
EVANGELISTA: ¡Ay, cielos, qué crueldad! Madre amorosa,
¿qué hace de esa suerte?
SANTA: En esta cama,
aunque áspera a la vista, amor reposa.
EVANGELISTA: Espinas flores son para quien ama,
y en ellas estáis bien, porque sois rosa.
SANTA: En las sillas celestes y divinas
dan coronas de gloria por espinas.
De aqueste modo voy apercibida
a pelear, que estoy desafïada
de mil persecuciones.
EVANGELISTA: Perseguida
crece más la virtud y es celebrada.
Dios me manda escribir su santa vida.
SANTA: Ya sé que su divino amor se agrada
de que el mundo su eterno nombre alabe.
De ese modo ya sé que escribir sabe.
Sabrán todos que soy gran pecadora,
pues con tantas mercedes no soy santa.
Para mi confusión es.
EVANGELISTA: ¿Por qué llora?
SANTA: Por ver tanto favor, clemencia tanta
en tantas culpas. ¡Ay de mí! En la hora
de dar la cuenta al Juez, ¿quién no se espanta? ¿Quién no tiembla?

EVANGELISTA: La gente del aldea,
madre, su santa bendición desea.
Vienen a bautizar una criatura
y de su mano esperan justamente
la bendición del niño y la ventura.
Vamos, por que no espere tanta gente.
SANTA: Yo lo consultaré con Su Hermosura;
que no es razón sin San Laurel, que intente
cosa ninguna.
EVANGELISTA: ¡Oh, sagra toledana!
sagrada estás, pues te consagra Juana.

Vanse. Salen los LABRADORES todos con música y bateo. Cantan

TODOS: *"Trébole danle al niño,*
trébole. ¡Ay Jesús, qué olor!"
LABRADOR 1: *"Trébole y poleo."*
TODOS: *"Trébole."*
LABRADOR 1: *"Alegre él bateo."*
TODOS: *"Trébole."*
LABRADOR 1: *"Rosas y junquillos."*
TODOS: *"Trébole."*
LABRADOR 1: *"Para los padrinos."*
TODOS: *"Trébole."*
LABRADOR 1: *"Espadaña y juncia..."*
TODOS: *"Trébole."*
LABRADOR 1: *"Para el señor cura."*
TODOS: *"Trébole."*
LABRADOR 1: *"Lirios de los valles..."*
TODOS: *"Trébole."*
LABRADOR 1: *"Para el padre y madre."*
TODOS: *"Trébole."*
LABRADOR1: *"Y para el alcalde la hierba del sol."*
TODOS: *"Trébole, denle trébole al niño,*
trébole. ¡Ay Jesús, qué olor!"

CRESPO: Entre en la igreja el bateo,
y mientras que le bautizan
bailen los que solenizan
la fiesta.
MINGO: Ya lo deseo.
BERRUECO: Par Dios que ha parido Gila
un hijo como un becerro.
CRESPO: ¡Qué tieso, oh hi de puta, perro!
¿Mas que se mea en la pila?

Salen don JORGE y LILLO

JORGE: ¡Oh buena gente!
BERRUECO: ¡Oh señor!

Don JORGE habla aparte a LILLO

JORGE: Haz lo que tengo ordenado.
LILLO: Voy, pues.

Vase LILLO

JORGE: Sin ser convidado
me vengo.
CRESPO: Es mucho favor.
MINGO: En este poyo se siente
su señoría.
JORGE: Sí, haré.

Siéntase

¡Hermosa madrina, a fe!
CRESPO: (Yo os la quitaré de enfrente **Aparte**
y os haré trampa en que caya
vueso amor.) Dejaldo estar.
¿No se comienza a bailar?

MINGO: Ea, salgan.
MENGO: Vaya.
TODOS: Vaya.

Cantan y bailan

"Envidiosa Gila en Cubas
del hijo que sin sazón
parió Marina en Orgaz,
un muchacho rempujó.
¡Oh, qué lindo y grande que es!
Bendígale la Ascensión!
Su padre le vea barbero,
sacristán o tundidor.
Ya le van a bautizar,
ya le llaman Perantón,
ya le vuelven a su casa,
ya sacan la colación.

Si merendares, comadres,
si merendares, llamadme.
Si merendáredes nuégados
y garbanzos tostados,
pues somos convidados,
al repartirlo avisadme.
Si merendáredes, comadres,
si merendares, llamadme.

Ya el muchacho se gorjea;
ya sabe decir "ajó";
ya le han sacado los brazos,
ya le han puesto un correón,
ya le hacen hacer pinitos
y le dicen a una voz,
`Anda, niño, anda,
que Dios te lo manda
y Santa María
que andes en un día.'
Señor San Andrés
que andes en un mes;

señor San Bernardo
que andes en un año
sin hacerte daño
en esta demanda.
Anda, niño, anda,
que Dios te lo manda
y Santa María
que andes en un día.

Ya ha crecido y va a la escuela,
ya en el Cristo da lición,
ya sabe jugar al toro,
ya corren de dos en dos,
a `la trapa, la trapa, la trapa,
en mi caballito de caña.'

Ya quieren que vaya al campo
y aprenda a ser labrador;
ya le visten de sayal
el capote y el calzón.
Caperuza cuarteada
su señor padre le dió,
y probándosela todos
ansí le dicen a un son,
`Que la caperuzita
de padre póntela tú,
que á mí no me cabe.'"

Salen LILLO y otros, y llévanse a MARI Pascuala

JORGE: Llega, Lillo, que ahora es tiempo.
MARI: ¿Qué es esto? ¡Ay cielos, traición!
LILLO: Ninguno el paso me impida.
CRESPO: ¡Oh infame! ¿Cómo que no,
si es mi esposa la que llevas?
JORGE: ¿Por qué no?
CRESPO: ¡Muera el traidor!

JORGE: Ninguno pase de aquí,
si no pasaréle yo.
CRESPO: ¡Par Dios, que es linda la flema!
Que es Mari Pascual, señor.
JORGE: Segura va, sosegaos.
CRESPO: ¿Con quién?
JORGE: Con vuestro señor.
CRESPO: ¿Con vos?
JORGE: Conmigo.
CRESPO: ¿A qué va?
JORGE: Eso adivinadlo vos.
CRESPO: ¿Y mi honra?
JORGE: ¿Qué más honra
que amarla el comendador?
CRESPO: ¿Ésa es justicia?
JORGE: Villanos:
no me enojéis, que yo soy
señor de Cubas, y ansí
todo es mío.

Vanse MARI Pascuala, don JORGE, LILLO y CRIADOS

CRESPO: ¿Ésa es razón?
¿Esto consentís, cobardes?
¡Matalde!
MINGO: Mátele Dios
que le hizo.
CRESPO: ¿Tal injuria
consentís? ¿Tan gran traición?
MINGO: A quien le duele la muela
que se la saque. Andad vos,
si os atrevéis sin tenazas,
y sacadle ese raigón.
BERRUECO: ¡Ah, cielos!
MINGO: Que no la quiere
sino por un día o dos,
y luego os la volverá.

CRESPO: A estar el emperador
en España...
MINGO: ¡Buena flema!
Guarde el cielo mi rincón.
BERRUECO: ¿Estas mañas tenéis, Jorge?
Yo me vengaré de vos.

FIN DEL ACTO PRIMERO

ACTO SEGUNDO

Salen don JORGE, LILLO, y MINGO, CRESPO, y BERRUECO, labradores

JORGE: Pegad a todo el lugar
fuego, sin que dejéis casa
que no convirtáis en brasa.
Villanos, no ha de quedar
piedra en Cubas sobre piedra.
MINGO: Señor, por amor de Dios;
por nuestra hacienda y por vos,
con cuya presencia medra,
que mandéis a los soldados
que en Cubas habéis metido
salir de él; basta el roído
los dineros y ganados
que nos roban, sin que intenten
robar también nueso honor;
que no es honra del señor
que sus vasallos afrenten,
claro está.
JORGE: ¿Y es justo
que se opongan los vasallos
a su señor?
MINGO: Si afrentallos
quiere su travieso gusto,
¿qué mucho que se defienda
quien ve que ese honor se pierde?
CRESPO: El perro con rabia muerde.
¿Salísme a robar la prenda
más estimada y querida,
sin poderos abrandar,
y espantáisos que el lugar
su agravio y mi afrenta impida?

BERRUECO: Mari Pasquala es mi hija.
CRESPO: Mi esposa había de ser.
BERRUECO: ¿Por qué habéis vos de querer
dar a mi vejez prolija
tan mal fin, y que el lugar
me afrente, y viéndola diga,
"Ésta que veis es la amiga
de don Jorge?"
LILLO: Que mirar
tendrán por sí, de manera
que no se acuerden de vos.
JORGE: Luego, ¿entendisteis los dos
que Mari Pasquala era
solamente en quien mi gusto
pongo, y a quien amo y quiero?
¡Bueno, a fe de caballero!
Pues si eso os daba disgusto,
consolaos, que no seréis
solos los que de hijos míos
seáis abuelos y tíos,
que con todos me veréis
emparentar.
CRESPO: (Y lo hará **Aparte**
como lo dice.)
MINGO: Buen cargo
ha tomado.
JORGE: El tiempo es largo,
Crespo; todo se andará.
MINGO: ¿Y eso es justo?
LILLO: ¿Por qué no?
JORGE: Sois muy toscos y groseros,
y pretendo ennobleceros,
pues lo quedaréis si yo
mezclo con vuestro naval
un jirón de mi nobleza.
CRESPO: Alto; ¡dióle en la cabeza!
JORGE: ¿Dónde está Mari Pascual?
Porque esconderla es querer
que todo el pueblo destruya.
¿No vais por ella?

CRESPO: Si suya,
así como así ha de ser,
no empiece en Mari Pascuala;
que es como guindas amor,
la postrera la mejor,
y para guinda no es mala.
MINGO: Que destruyas nuesa hacienda
importa poco, tomadla,
y si os servís abrasadla,
como el honor no se ofenda;
que el lugar consentirá,
como no le deshonréis,
que la hacienda le quitéis.
JORGE: Mingo, todo se andará;
decid adónde llevastes
vuestra sobrina, o haré
que os den tormento.
MINGO: Pues ¿sé
yo dó está?
JORGE: ¿No la quitastes
a Lillo en ofensa mía
con ayuda del lugar?
LILLO: Eso puedes preguntar
a mis lomos, que a porfía,
haciendo con ellos fiestas,
tantos palos les pegaron,
que, sin jugar, me cargaron
un flux de bastos a cuestas.
Líbrete Dios de una tranca
en manos de un labrador
si se enoja y con furor
tras un desdichado arranca,
que no dirás sino que es
sota de bastos con ella.
JORGE: Crespo, en vano es escondella.
Yo os la volveré después
y seréis de su hermosura
legítimo poseedor.
CRESPO: Lo que otro suda, señor,
diz que a mí poco me dura.

Eso es lo que mi honra busca.
No me falta ya si tiña,
vendimiadme vos la viña
comeré yo la rebusca.
¡Bueno! Eso no. ¡Juro al soto
que no es discreto el marido
que puede comprar vestido
entero y le compra roto!
¡Malos años; no en mis días!

LILLO: A la encina y al villano,
si no es a palos, en vano
pedirles fruto porfías.

JORGE: Dices, Lillo, la verdad.
¡Hola! saca un potro aquí.

CRESPO: (¿Potro aquí? Ya siento en mí **Aparte**
extraordinaria humedad.)

BERRUECO: Mira que al emperador
ofendes, y cuando venga
y de estos agravios tenga
noticia, ha de hacer, señor,
el castigo que tú sabes,
de su justicia y enojo.

JORGE: Pocos consejos escojo,
por más que al César alabes,
pues cuando él volviese acá
ya yo por diversos modos
os tendré muertos a todos,
y nadie se quejará.
Dónde está Mari Pascual
declarad, o en el tormento
moriréis.

CRESPO: (A lo que siento, **Aparte**
lleno estoy de unto sin sal.)
Yo diré la verdad llana.
Cuando a Pascuala os quitamos
al convento la llevamos
de la Cruz. La madre Juana
allí guardándola está
de vueso ciego cuidado.
Si hasta aquí lo hemos negado

es porque no vais allá
y hagáis de las que soléis
con que el convento se inquiete.

JORGE: Pues, a Juana, ¿quién la mete,
por más que se lo roguéis,
vosotros, sino en rezar?

CRESPO: Es una santa, señor,
y mira por nueso honor.

JORGE: Cuando me llego a enojar
no miro yo en santidades
que, quizá, fingidas son;
acuda ella a su oración
y no intente novedades.
Disciplínese, que es justo;
ayune y rija su casa;
mas si los límites pasa
de su estado y de mi gusto
e irritan mi libertad,
guárdese, que podrá ser
que vengamos a saber
qué tal es su santidad.

Sale un PAJE

PAJE: La Vicaria del convento
de la Cruz éste te envía.

Dale un billete

JORGE: Si es que resistir porfía
mi amoroso pensamiento,
mal sus ruegos y lisonjas
mis gustos resistirán;
conténtese con que están
seguras de mí sus monjas.

Abre el billete y lee

"La presunción de la madre Juana de la Cruz es tanta, que, no contenta con regir su casa, ha pretendido gobernar las ajenas, de suerte que para remediar, según dice, la de vuestra señoría, ha escrito a Madrid a la señora doña Ana Manrique, esposa de vuestra señoría, insultos indignos de tal persona, y persuadióla a que, no enmendándose de ellos, se queje al gobernador de Castilla don Juan Tavera para que los remedie, y con capa de santidad fingida tiene banderizada esta casa. Ahora que la está visitando nuestro padre provincial será de importancia la autoridad de vuestra señoría para que se pierda la suya y la quiten el oficio que ha tantos años ejerce de Abadesa. Las más monjas de este monasterio son de este parecer; y porque al señor del lugar conviene procurar la quietud de él, y ésta resulta de la de esta casa, aguardamos a vuestra señoría para la liberta de ella y de una doncella que, según he sabido, contra su gusto tiene en este convento. Para lo uno y lo otro importará la presencia de vuestra señoría, a quien Nuestro Señor guarde.

La Vicaria"

¡A doña Ana contra mí
para que al gobernador
se queje contra mi honor!
¡Oh hipócrita falsa! ¿Ansí
tu santidad se acredita?
Al Provincial hablaré
y el alma le quitaré
si el oficio no le quita.
No en vano por sospechosa

tuve la virtud fingida
de esta mujer atrevida,
que, pues llega a ser odiosa
  hasta a sus monjas, ¿quién duda
que, perturbando su paz,
con el fingido disfraz
de santa sus vicios muda?
  Su eterno perseguidor
tengo de ser desde aquí.
Al convento voy.

CRESPO: ¿Ansí
nos quieres dejar, señor,
  sin mandar a los soldados
que se vavan del lugar?

JORGE: Villanos, habéis de estar
con su presencia obligados
  a mi gusto.

CRESPO: Cuanto quieres
haces. ¿Quién hay que te ofenda?

JORGE: Señor soy de vuestra hacienda,
vuestras casas y mujeres;
  todo me ha de dar tributo,
pues que vuestro dueño soy.
Ven, Lillo.

LILLO: Contigo voy.

MINGO: ¿Las mujeres? ¡Oste, puto!
  ¿Qué hemos de her?

CRESPO: Trasponellas
como puerros.

BERRUECO: Ése es
mi voto. Yo a Leganés
pienso llevar dos doncellas
  que en casa quedan.

MINGO: Si a pares
a las doncellas sacáis,
a las casadas dejáis
a figura.

BERRUECO: En los lugares
  vecinos pueden estar
seguras, hasta que venga

el emperador y tenga
noticia de que el lugar
  nos destruye este traidor.

CRESPO: Cuando Carlos venido haya,
a fe que no se le vaya
con ella el comendador.

MINGO: De mi voto no saquéis
las mujeres del lugar,
que mos puede resultar
mayor mal del que teméis.

BERRUECO: Callad, dejaos de quillotros.

MINGO: Temo, de esos pareceres,
que en faltando las mujeres
tiene de dar tras nosotros.

Vanse. Salen la SANTA y MARI Pascuala

SANTA: Es la hermosura, María,
niebla que el sol desvanece,
sombra que desaparece,
fímera que vive un día,
  vela que luce lo que arde
la frágil luz de la vida,
hierba con el sol florida
que se marchita a la tarde,
  y es instante cuyo ser
está a las puertas del nada,
joya del tiempo prestada,
por quien luego ha de volver.
  Pues fabricar la esperanza
sobre el vano fundamento
de la nieve, sombra y viento,
despojos de la mudanza,
  ¿paréceos a vos cordura?
¿Es bueno tomar a censo
pena eterna, fuego inmenso,
por el deleite que dura
  lo que la sombra y la flor?
¡Ay, María! Mal sabéis

lo que costado le habéis
a Dios, con cuyo valor
  vino al mundo a remediaros;
y con ser tal su poder,
tuvo por bien el vender
su vida para compraros.
  Joya, pues, que vale tanto,
¿en tan poco ha de estimarse?
¿En balde ha de derramarse
sangre de mi Esposo santo?
  No lo permitáis, María;
estimaos en más a vos;
no os merece sino Dios.

MARI: Basta, madre, madre mía,
  basta, que me derretís
el alma y el corazón;
palabras de fuego son,
madre, las que me decís.
  Si me he dejado vencer
de las promesas y amor
del fuego, comendador
persiguióme. Soy mujer.
  Mi flaqueza combatió;
mas, pues, por vos valor cobra,
no temáis ponga por obra
lo que, hablándome, intentó.
  Diamante seré a su amor,
jamás vencerme podrán
sus promesas.

SANTA: Más galán
es Dios que el comendador.
  Si, porque no le habéis visto,
esotro os ha satisfecho
porque trae la cruz al pecho,
más preciosa cruz trae Cristo
  a las espaldas, cosecha
de mis vicios desbocados,
que, por no ver mis pecados,
a las espaldas los echa.
  Su encomienda es de más cuenta,

y si no, juzgadlo vos,
pues que llevamos los dos,
él la cruz y yo la renta.

Cristo el Gran Maestre es
de esta preciosa encomienda,
rica y inmortal hacienda,
infalible su interés.

Pues, cuando don Jorge os muestre
amor, ¿no es notable error
amar al comendador
despreciando al Gran Maestre?

MARI: ¡Ay, madre! Tan persuadida
a servir a Dios estoy,
que, si quisiera, desde hoy,
mudando de estado y vida,

quedarme por freila aquí.

SANTA: Ojalá que yo pudiera,
que temo, si salís fuera,
vuestra pérdida.

MARI: ¡Ay de mí!

SANTA: Hay visita en casa agora
y está nuestro provincial
en ella; es poco el caudal
nuestro, y yo gran pecadora.

Todas le piden que os eche
de casa, que una seglar
su quietud puede inquietar,
sin que mi ruego aproveche.

Fuerza es, hija, que os volváis
a casa de vuestro padre.

MARI: Pues ¿cómo? ¿No veis vos, madre,
que al lobo la oveja echáis?

SANTA: No puedo más; la ocasión
suele dar fama notoria,
y Dios, por ver la vitoria,
permite la tentación.

Si de vos misma salís
vitoriosa, buen padrino
os será el amor divino,
por cuyo amor combatís.

Yo haré por vos oración
a Dios.
MARI: ¿Hay tal desconsuelo?
Dadme, pues, la mano.
SANTA: El cielo,
hija, os dé su bendición.

Vase MARI Pascuala, Sale el ÁNGEL

ÁNGEL: ¿Juana mia?
SANTA: ¿Mi Laurel?
¿Vuestra Hermosura no sabe
que en el peligro más grave
se ve el amigo más fiel?
Agora que el provincial
admite discursos largos
de las que me ponen cargos
porque las gobierno mal,
¿me escondéis esa belleza?
ÁNGEL: Jamás me aparto de ti.
SANTA: Todo es, mi Laurel, así;
pero, para mi tristeza,
no basta que estéis conmigo,
sino que os me dejéis ver.
Agora os he menester,
que sois mi mayor amigo.
ÁNGEL: Las más, Juana, del convento
son contra ti.
SANTA: ¡Qué bien hacen!
Pues de mis pecados nacen
causas de su descontento;
helas escandalizado,
Ángel, con mi mala vida,
siendo soberbia, atrevida;
y habiendo de ser dechado
de todas, la menor de ellas
pudiera ser mi prelada.
Nunca me han visto enmendada,
viviendo siempre con ellas.
Porque más no las estrague,
es razón, Ángel bendito,

que castiguen mi delito.
Quien tal hace que tal pague.

Llora

ÁNGEL: Mirando está tu humildad
tu Esposo, a quien enamoras
con las lágrimas que lloras,
porque con su Majestad,
sus méritos aventaja
quien pequeño se parece;
tanto más la fuente crece
cuanto el agua suya abaja.
Tú crecerás hasta el cielo,
pues hasta el suelo te abates,
y porque conmigo trates
cosas que te den consuelo,
en pago de las afrentas
que presto has de recibir,
te quiero, Juana, decir
los milagros que tus cuentas
tienen de hacer en España.
SANTA: ¡Qué buena conversación!
ÁNGEL: Sentémonos, que es razón.
SANTA: ¿Yo con vos? ¡Merced extraña!
De rodillas, Ángel, sobra
para mí.
ÁNGEL: Tu familiar
soy.
SANTA: Así tengo de estar.
Sentaos vos.
ÁNGEL: Aunque no cobra
mi angélica agilidad
cansancio del movimiento,
por no ser en mí violento,
con más familiaridad
y amor en esta ocasión,
porque consolarte espero,
sentarme, mi Juana, quiero

contigo a conversación.

Siéntase

Los venturosos rosarios
que la Majestad inmensa
en su soberano Alcázar
tuvo en sus manos eternas,
salieron con tantas gracias
como se esperaba de ellas;
que manos de Dios no saben
hacer mercedes pequeñas.
Las virtudes de los ***Agnus***
que el vice-Dios en la tierra
concede, esas mismas dió
Cristo, tu Esposo, a tus cuentas.
Gracia de sacar demonios;
contra tempestades fieras;
contra enfermedades varias;
contra tentaciones ciegas,
y otros muchos privilegios
que son sin número y cuenta;
que cuentas que al cielo suben
el cielo es bien baje en ellas.
Han de ser tan estimadas
como es justo, que son prendas
que en fe de su amor dio Cristo
a Juana, su esposa tierna.
El segundo Salomón,
Filipo, cuya prudencia
hará a la justicia y paz
que otra vez á España vuelvan,
una de estas cuentas santas
tendrá con la reverencia
que promete el que ha de ser
de la cristiandad defensa.
Y luego el tercer Filipo,
con su Margarita bella,
los pacíficos, los santos,

tendrán en otras dos cuentas
sumado el valor y estima
de sus célebres riquezas,
por ser joyas con que el alma
se compone y hermosea.
Clemente octavo vendrá
a esta casa antes que sea
de la barca de San Pedro
patrón y rija la iglesia,
y con una cuenta tuya
a Roma dará la vuelta,
con que adorne la tïara
que ha de ilustrar su cabeza.
El santo fray Julián
de tu Orden, que en herencia
en Alcalá, de Francisco
será ejemplo de inocencia,
y fray Francisco de Torres,
de quien este reino espera
milagros y maravillas
que sus vidas engrandezcan,
estas cuentas soberanas
han de estimar de manera
que con su autoridad pongan
freno a desbocadas lenguas.
Veinticuatro religiosas,
del falso espíritu opresas,
tienen de quedar en Francia
libres y sanas por ellas,
y si a algún endemoniado
una cuenta de estas llega,
apenas la tocará
cuando se libre de penas.
Tres ciegos cobrarán vista,
a dos mudos darán lenguas,
oirán por ellas los sordos,
cobrarán salud perfecta
enfermos de corazón,
de fiebres, de pestilencia,
de costado, de cuartanas,

de garrotillo, de lepra.
Serán único remedio
contra los que desesperan
de Dios, y harán que, contritos,
se arrojen a su clemencia.
Desterrarán tempestades,
amansarán las tormentas,
sin que los rayos furiosos
hagan daño en su presencia.
Contra espantos y visiones
serán medicina cierta;
darán sosiego y quietud
a escrupulosas conciencias,
y entre los muchos milagros
que ha de obrar la fe por ellas,
los que se comprobarán
tienen de ser más de treinta.
Todas estas maravillas
ha de hacer Dios, porque entiendas
lo mucho que te ama, Juana.
Mira si es bien que padezcas
por tan liberal esposo.

SANTA: ¡Ay, Ángel divino! ¡Vengan
trabajos y menosprecios,
persecuciones y afrentas,
que si paga a letra vista,
Dios, en tan rica moneda,
y antes que a cuentas lleguemos,
son en mi favor las cuentas.
Sin cuenta quiero servirle.

ÁNGEL: La vicaria es ya abadesa;
el oficio te ha quitado.
Ya tus trabajos comienzan,
Job de España, ya ha llegado
el tiempo en que ha de hacer prueba
del oro de tu constancia
el toque de la paciencia.
Contigo quedo, ten firme.

Vase

SANTA: Si mi guarda os encomienda
mi Esposo, ¿qué importan olas
en sufrimientos de piedra?

Sale la Vicaria, ya ABADESA, y las MONJAS

ABADESA: Ya, hermana, ha querido el cielo
que los embustes se sepan
de su santidad fingida
para que remedio tengan.
Nuestro padre provincial
escandalizado queda
de modo de sus excesos,
que se ha partido sin verla,
y quitándola el oficio
me eligió por abadesa,
contra mi gusto por cierto;
mas obedecer es fuerza.
SANTA: Nuestro padre provincial
en tan justa elección muestra
su cristiandad, su virtud,
su gobierno y su prudencia.
Que sin verme se haya ido
y mis culpas aborrezca
no me espanto, que es un santo,
y yo digna de las penas
del infierno. Aquesos pies,
aunque yo no lo merezca,
ponga, madre, en esta boca.
ABADESA: No me hable de esa manera;
hipócritas humildades
en mí han de hacer poca mella.
Álcese del suelo, acabe.
SANTA: Si todos me conocieran
como ella, madre, ¡en qué poco
me estimaran y tuvieran
los que me juzgan por santa

siendo el mismo vicio! Es cuerda
y conoce mis pecados.

ABADESA: Con fingidas apariencias
no me ha de engañar, hermana;
escuche la penitencia
que me manda que la dé
nuestro padre.

SANTA: ¡Qué pequeña
comparada con mis culpas
será, por grande que sea!

ABADESA: El velo manda quitarla.

Quítasele

SANTA: Hace bien, que quien no vela
con las vírgines prudentes
hasta que el esposo venga
bien merece que la quiten
el velo y que con la puerta
la den. ¡Ay de mí, que soy
una de las cinco necias!

ABADESA: Manda que todas las monjas,
hermana, la den en rueda
una disciplina.

SANTA: Es justo
que a Dios pague en la moneda
que pagó por mis pecados.
Cinco mil azotes fueran
más justos en mí que en Él.
Ya me alivian esas nuevas.

ABADESA: También manda que la encierren
y den por cárcel su celda,
porque le han dicho que está
endemoniada y que intenta
el demonio por su boca
engañar a los que llegan
a escucharla cuando habla
fuera de sí en tantas lenguas.

SANTA: No me espanto, que también

llamaba la envidia hebrea
a mi Esposo endemoniado.
Razón es que le parezca.
Enciérrenme, que es muy justo,
porque mis culpas no vean,
que por ser tan grandes temo
que ha de tragarme la tierra.

ABADESA: Pena de descomunión
manda que no hable con ella
ninguna monja.

SANTA: ¡Qué sabio
mandato, qué gran prudencia!
A los que están apestados
dicen que nadie se llega
porque su mal no les toque.
Los vicios son pestilencia;
como soy tan pecadora
por apestada me encierran,
y es bien que ninguna me hable
porque de peste no muera.

ABADESA: Sabe Dios lo que he rogado
a nuestro padre por ella;
pero hale dado don Jorge
tan extraordinarias quejas,
que, satisfaciendo a todos,
y aun usando de clemencia,
le da este corto castigo.

SANTA: ¡Y qué corto! El cielo quiera,
madres, que yo no lo pague
allá en las penas eternas.

ABADESA: Deje ya los fingimientos,
hermana, y al coro venga
adonde todas la azoten.

SANTA: Vamos muy en hora buena.

MONJA 1: ¿Es posible que fingida
toda esta santidad sea?

MONJA 2: Pues el provincial lo dice,
que tiene tanta experiencia,
¿quién lo duda? Y más, sabiendo
que el lobo se finge oveja.

Vanse las dos MONJAS. Quédanse Sor EVÁNGELISTA, la ABADESA y la SANTA

EVÁNGELISTA: (Hanme mandado callar, **Aparte**
y el corazón me revienta
viendo padecer mi madre
de pesar y de tristeza;
mas, si son los gustos oro
y sus quilates acendra
la tribulación, ¿quién duda
que Juana ha de salir de ella
con infinitos quilates
para que sirva a la mesa
del infinito Monarca?
Esto sólo me consuela.)

Vase

ABADESA: (Ya se cumplió mi deseo; **Aparte**
en fin, me han hecho abadesa.
Ya se vengará mi envidia
de esta hipócrita; contenta
voy en extremo. ¡Oh, qué vida
la pienso dar! No habrá afrenta,
castigo ni menosprecio
que no he de probar en ella.)

Vase

SANTA: A fe, Juana, que os conocen;
alegre estoy de que os tengan
por lo que sois. De esta vez
nadie os juzgará por buena.
Quien tal hace, que tal pague.
Pagad, Juana, vuestras deudas,
que, pues todas os persiguen,

a todas hacéis ofensa.

Vase. Salen don JORGE, LILLO, CRESPO, MINGO y BERRUECO

JORGE: Los propios del lugar y renta aplico
a mi hacienda.
CRESPO: ¿No basta su encomienda?
JORGE: No repliquéis, villano.
CRESPO: No replico;
mas, ¿por qué nos despoja de la hacienda?
JORGE: Estoy yo pobre y el concejo rico;
no habrá quien de vosotros me defienda,
que entre villanos mal podrá enfrenallos
si el dueño es pobre y ricos los vasallos.
¿Qué depósito tiene aquí el concejo?
MINGO: Cien fanegas de pan que da cada año
a pobres del lugar.
JORGE: ¡Lindo aparejo
para holgazanes!
MINGO: No teme ese daño;
porque sólo se da al enfermo viejo
y a la mísera viuda.
JORGE: Ése es engaño;
aplícolo a mi renta.
BERRUECO: Pues los pobres,
¿qué han de comer cuando su pan los cobres?
JORGE: Remedio habrá para ellos.
BERRUECO: ¿De qué suerte?
JORGE: A los pobres enfermos desterrallos.
CRESPO: Que eres cristiano y que lo son advierte.
JORGE: En Illescas podrán mejor curallos.
BERRUECO: ¿Y a los viejos?
JORGE: ¿Los viejos? Darlos muerte,
pues no hay limosna igual como sacallos
de este mal mundo.
MINGO: ¿Y ése es buen consejo?
JORGE: ¿Para qué ha de vivir, si es pobre, un viejo?
MINGO: ¡Plegue a Dios que no llegues a esos días!
JORGE: Las viudas hilen, si de edad no fueren

para casarse.
BERRUECO: Bien tu intento guías.
JORGE: No ha de haber pobres; los que aquí lo fueren
hacedlos desterrar, que son harpías
que a nuestras mesas sustentarse quieren;
y un poderoso que los desterraba
ratones de los ricos los llamaba.
CRESPO: Mejor nombre les da el cristiano celo,
de quien en este mar los llama naves
en que la caridad despacha al cielo
riquezas de que tiene Dios las llaves.
El mundo es mar y en él, cierto, recelo
de sus Caribdis y sus Sirtes graves.
En su golfo se pierde el que navega;
sola la caridad al cielo llega.
JORGE: Predicador villano: ¿tú conmigo
con ejemplos y réplicas te pones?
Vete, si no es que aguardes el castigo
digno de tus hipócritas razones.
No es bien que a pobres se reparta el trigo,
que son de la república ratones.
Vete.
MINGO: Si limosnero, señor, fueras,
tus vicios, con ser tantos, encubrieras.

Vanse los tres labradores. Sale MARI Pascuala

MARI: A no salir del convento,
de modo me enamorara
tu divino entendimiento,
Juana santa, que dejara
de dar al cuerpo sustento
por tus palabras, manjar
que desterrando el pesar
dejan el sentido en calma,
pues con las sobras del alma
me pudiera sustentar.
Pero, pues que de él salí
y palabra en tu presencia

de no ofender a Dios di,
no hayas miedo que en tu ausencia
pueda la pasión en mí
  lo que ha podido hasta agora,
que, en fin, eres mi fiadora,
y Dios severo acreedor
que cobrará con rigor
si no paga la deudora.
  A don Jorge quise bien;
pero ya en ceniza fría
sus torpes brasas se ven.
¡Ay cielos! éste es.

JORGE: María,
a mi vista albricias den
  mis deseos, que en tu ausencia
han mostrado a la experiencia,
en el potro del amor
los tormentos que el temor
suele dar a la paciencia.
  ¿No me hablas? ¿Porqué enojos?
Pones mi esperanza en duda.
Mas ya sé que son antojos
de amor, que la lengua muda
suele pasarse a los ojos.
  Mi María, si no es vano
el amor que te provoca,
ya que por temor liviano
me niega el habla tu boca,
hablar puedes por la mano,
  que su cristal me enamora.

MARI: (¡Ay confianza habladora! **Aparte**
Cuán lejos suele vivir
el prometer del cumplir
he experimentado agora.
  Soldado he sido cobarde;
hice en la paz menosprecio
de la guerra, y en su alarde
caí; que es propio del necio
temer el peligre tarde.
  Prometí de no ofender

a Dios; pero, ¿qué he de hacer,
si la poca resistencia
me cupo sólo en herencia
de la primera mujer?
De un modo empiezan su nombre
mudanza y mujer liviana;
mudéme, nadie se asombre,
si a Eva vence una manzana,
que hoy a mí me venza un hombre.)
JORGE: ¿Qué dices?
MARI: Que no quisiera,
por lo bien que me estuviera,
deciros que os quiero bien.
JORGE: Pues, mi labradora, ven
adonde mi amor te espera.
MARI: (¿Éstas las cenizas son **Aparte**
frías? Mas dejó una brasa
escondida la afición,
y quemaráse la casa,
porque sopla la ocasión.)

Vanse don JORGE y MARI Pascuala. Queda LILLO y sale CRESPO

CRESPO: Yo, señor Lillo, quisiera
hablar al comendador.
LILLO: Por el Lillo y el señor
le llamara si estuviera
para eso; pero está
ocupado.
CRESPO: Pues ¿qué hace?
LILLO: Una dueña en quien deshace
lo que ella otra vez no hará.
CRESPO: Que es cosa y cosa parece.
LILLO: Cosa sin cosa podría
ser ya.
CRESPO: ¿Quién será?
LILLO: María
CRESPO: ¿Mari Pasqual?

LILLO: Ésa ofrece,
pues que saberlo codicias,
primicias de su hermosura
a don Jorge.
CRESPO: Pues ¿es cura
para llevar las primicias?
LILLO: Ésta es la verdad.
CRESPO: ¿No estaba
en la Cruz?
LILLO: Hízola echar
Juana.
CRESPO: Yo voy a avisar
a su padre, que pensaba
que allí la tenía guardada;
pero diréle que queda
bellaca para moneda.
LILLO: ¿Por qué?
CRESPO: Porque está cercenada.

Vase. Sale don JORGE maltratando a MARI Pascuala

JORGE: Echa, con la maldición,
esta mujer, en quien veo
que es la esperanza y deseo
mejor que la posesión.
¡Que lo que pretendí tanto
tanto me llegue a enfadar!
LILLO: Amón eres con Tamar;
gozástela, no me espanto.
Dos caras el gusto pinta,
señor, en cualquiera cosa:
si es ajena, muy hermosa;
pero si propia, distinta.
Cuando ajena, cosa es clara
que el sol era su traslado;
pero ya que la has gozado
verás la segunda cara.
MARI: ¿Así se paga el honor

de una mujer, fementido?
Mas de honras, ¿cuándo ha sido
el mundo buen pagador?
JORGE: Déjala y ven.

Vase

MARI: Oye, escucha
¡Ah tirano; ¿así te vas?
Mas la deuda negarás,
que es costumbre cuando es mucha.
Paga como caballero;
pero dirás, y es verdad,
que perdió la voluntad
el gusto, que es su dinero.
Que eres noble considera.
LILIO: Pasito, Mari Pasqual,
que no fuera él principal
si pagara y no debiera;
y si de palacio el trato
sabes, ten por negocio hecho
que eres mía de derecho,
porque he levantado el plato.
Si te dejares comer
mi apetito estimarás.
MARI: Como imitándole estás,
vendrás tan infame a ser
como el señor, de quien eres
torpe solicitador,
sin sentir tu vil señor
que te sirvan las mujeres
que él deshonra, de despojos.
Pero, afrentoso alcahuete,
aguárdame, y sacaréte,
porque no lo seas, los ojos.
LILLO: ¿Porque a mi amo ha servido
tantos humos ha cobrado?
Advierte que es del crïado
todo el ropaje traído

y que aunque el rey tenga un bayo
de notable estimación,
quitado el caparazón,
le corre cualquier lacayo.

Vase

MARI: ¿Éstos son pagos del mundo,
en deudas tan merecidas
como son deudas de honor
cuando se acercan sus ditas?
¿Así se cumplen palabras
con lágrimas ofrecidas,
con promesas intimadas,
con ansias encarecidas?
¿Aquesto es ser caballero?
¿En esta nobleza estriba
el valor que España ensalza
y estimaron mis desdichas?
¿Mudables, dicen que son
las mujeres, ofendidas
de tantas lenguas mordaces
tantas plumas enemigas?
¿Esto es ser hombre, de quienes
tantas virtudes se afirman,
tantas hazañas se alaban,
tanta firmeza publican?
Si así los hombres son que España cría,
¡mal haya la mujer que en hombres fía!
¡Ah ingrato y necio pastor!
¿La oveja dejas perdida
para que lobos la coman
después que la lana esquilmas?
¿Cómo, cielos rigurosos,
si es verdad que la justicia
desterrada de la tierra
vuestro tribunal habita,
no castigáis este ingrato,
pues no valen allá arriba

las dádivas ni el poder
que tantas varas derriban?
Justicia os pide mi agravio
de un traidor que famas quita,
de un hombre, en fin, que en ser hombre
será la mudanza misma.
Mas, pues deudas de honor tan presto olvidan,
¡mal haya la mujer que en hombres fía!
Pero, alma, ¿de qué os quejáis
de promesas no cumplidas,
si la palabra quebrastes
que a Dios distes este día?
Si os quitó don Jorge la honra,
por vos quitaron la vida
a Dios; si él os ha dejado,
sin Dios andáis vos perdida.
Yo prometí no ofender
su Majestad infinita,
Juana salió mi fiadora;
mas ¿quién de ocasiones fía?
¿Tendrán perdón mis pecados?
No; que es la ofensa infinita.
¿No puede Dios perdonarme
si le llamo arrepentida?
Sí puede, mas no querrá;
pues ¿será razón que viva
mujer que perdón no aguarda
y de un hombre fue ofendida?
Eso será gran deshonra;
pues ¿quitaréme la vida?
Sí; que ya estoy condenada,
y el Ángel que en compañía
y guarda el cielo me dio
me ha dejado, porque escrita
ha visto ya la sentencia,
por mi mal, difinitiva.
¿Adónde un lazo hallaré?
Mas ¿será tal mi desdicha
que aun le faltará a mi muerte
el instrumento homicida?

Dadme, verdugos eternos,
un cordel, que al que castigan
de balde le da la soga
con que muera, la justicia.

Échanla un cordel

¿Qué es esto? ¡Ay de mí! Una soga
me arrojaron desde arriba.
¡Que por tan crüel salario
halle el mundo quien le sirva!
Dádivas son del infierno
que promete oro de Tíbar
y teje sogas de esparto
que esperanzas precipitan.
Pero ¿qué mucho, si a Dios,
cuando con pan le convida,
en vez de pan le dé piedras
que en sogas libre sus ditas?
Matad, pues, cuerda, una loca
desesperada y precita,
que quien el honor perdió
justo es que pierda la vida.
El desprecio de un hombre es mi homicida.
¡Mal haya la mujer que en hombres fía!

Quiere ahorcarse, baja de arriba la SANTA, volando y detiénela

SANTA: Detén la bárbara mano.
¿Por qué, ingrata, desconfías
de Dios misericordioso
y apelas de su justicia?
Quien perdonó a Magdalena
te perdonará, María,
pues es su misericordia,
como entonces, infinita.
Pide con ella perdón,

y en estas cuentas benditas
espera, que Dios en ellas
tus cargos y cuentas libra.

Dale un Rosario y desaparece

MARI: ¡Oh mil veces santas cuentas;
milagrosa medicina
de precipitadas almas!
Por vosotras reducida,
confieso y tengo por fe
que a un "pequé" del alma, olvida
Dios infinitas ofensas.
Pequé, Señor, mi alma diga.
En la Cruz he de ser monja;
vuestra Majestad permita
que sus religiosas santas
me lo otorguen, aunque indigna,
que, como la Cananea,
las migajas y reliquias
de su venturosa mesa
podrán sustentar mis dichas.
Juana, por vuestra oración
me ha dado el cielo dos vidas,
la del alma y la del cuerpo.
Misericordia infinita,
pues perdonáis ofensas cada día,
¡bienhaya la esperanza que en vos fía!

FIN DEL ACTO SEGUNDO

ACTO TERCERO

Sale la SANTA, presa, a una reja

SANTA: Presa estoy por mi abadesa,
y en esta celda reclusa,
que, a quien tan mal del bien usa,
justo es que la tengan presa.
Castigado el loco asesa;
el contento me provoca
de esta pena que, aunque es poca,
los que me reverenciaban
y "la santa" me llamaban
ya me llamarán la loca.
¡Qué buen nombre me darán
y qué contenta estuviera
si llamarme loca oyera
a los que en mí hablando están!
Leve castigo me dan
para hallarme tan culpada;
pero tengo una prelada
tan apacible conmigo
que juzgará a gran castigo
el tenerme aquí encerrada.
Suele el preso entretener
la pena y melancolía
que el temor y el ocio cría,
ya en jugar y ya en leer;
lo segundo quiero hacer
sin dar lugar a querellas.
Libros sois, máquinas bellas,
de milagrosa dotrina,
con signos de estampa fina,
cuyas letras son estrellas.
Once cuadernos encierran
vuestras hojas soberanas,

en cuyas escritas planas
tantos filósofos yerran.
Los polos fijos que cierran
este libro y su tesoro,
son las manecillas de oro,
y el sol y la luna son
la hermosa iluminación
que hizo el libro que adoro.

En esta hermosa cartilla
que, cual pergamino extiende
el Maestro eterno, aprende
toda criatura sencilla.
El sabio se maravilla
como el ignorante en vella,
y sin poder comprehendella
sino su Autor soberano,
desde el hombre hasta el gusano
están deletreado en ella.

Aves, que con varias plumas,
dándoos el viento papel
estáis escribiendo en él
de Dios las grandezas sumas.
Peces, que cortando espumas
formáis círculos mejores;
hierbas, que en tantos colores
cartas al cielo escribís;
fuentes claras que imprimís
vuestros lazos en sus flores,

pues andamos a esta escuela
y de este libro la fe
nos enseña el abecé
que el más letrado desvela,
daros lición me consuela.
Aquí os podéis allegar,
pues que nos sobra lugar,
y ya la abadesa mía
a las gentes, cual solía,
no me deja predicar.

Descúbrese un campo con aves y un río con peces, oyendo predicar a la SANTA

Mi seráfico llagado
predicaba muchas veces
a las aves y a los peces
cuando no estaba en poblado.
Pues solos nos han dejado,
ea, hermanos pajaricos,
de plumas y voces ricos,
llegaos de dos en dos.
Animalejos de Dios,
plateados pececicos,

venid todos y escuchad
con atención y respeto.
Ninguno me esté inquieto,
que le azotaré en verdad.
La Divina Majestad
repartiendo su tesoro
en este esférico coro
su providencia dilata
crïando peces de plata
y aves de esmeralda y oro.

Junto al líquido marfil
pasa la fresca ribera,
con cortes que primavera
trujo al apacible abril.
Luego dio al mayo sutil
tornasolados plumajes
de ramas y flores, trajes
con que sus pajes compuso,
que, pues casa al hombre puso,
bien es que la vista pajes.

Después el pródigo agosto
cubrió de manojos rubios
las eras desde los ubios
del carro largo y angosto;
y luego, en sabroso mosto,
pasado el estío enjuto,

dio generoso tributo
septiembre a los labradores,
porque después de las flores
quiere Dios que demos fruto.
  Reinó luego el cierzo frío,
de enero la barba cana
dando de nieve la lana
al monte, el cristal al río;
el escarchado rocío
sobre el campo siembra y vierte;
que como año, si se advierte,
llega la edad más cumplida
desde el abril de la vida
al invierno de la muerte.
  En otros tiempos diversos
Dios, con manos liberales,
sustenta a los animales,
peces y aves universos,
para que, en compuestos versos,
alaben perpetuamente
entre sus guijas la fuente,
y con agudos y graves
entre los ojos las aves
y entre los pueblos la gente.
  Cada cual al cielo avisa,
que esta obligación forzosa
cumple el campo con su rosa
y el arroyo con su risa.
Sólo es del hombre divisa
la ingratitud, que procura,
como no ve la hermosura
de su eterno bienhechor,
por olvidar el Criador
perderse por la criatura.
  Pero, aunque pueda aprender
de vuestra obediencia el hombre,
hermanicos, no os asombre
que tenga que reprehender.
La hormiga no ha de querer
que el avaro, siempre pobre,

alas con su ejemplo cobre
para que adquiera y no gaste,
bueno es llevar lo que baste,
malo es llevar lo que sobre.
¿Por qué vos, hermana hormiga,
lisonjera del montón,
a la gula dais ficción
porque su apetito siga?
Siempre del comer amiga,
pues, en trabajos y fiestas
por los llanos y las cuestas,
como el avariento humano,
sois ganapán del verano
llevando tercios a cuestas.
No es esto bien hecho, hermana,
ya es supérfluo ese cuidado;
quien hoy os ha sustentado
os sustentará mañana.
Y el avecilla liviana
que con las alas y pies
acude al sembrado, que es
la vida y sustento humano,
que para comer un grano
deja descubiertos tres.
¿Qué merece? ¿Esto es bien hecho?
¿No es como el pródigo loco
que, habiendo menester poco
para quedar satisfecho,
desperdicia sin provecho
la hacienda suya y la ajena?
Coma el ave, enhorabuena,
si le basta un grano o dos,
que para todos da Dios;
mas el perderlo condena.
Y la hermana golondrina
que en los santos edificios
quiere estorbar los oficios
de la Majestad divina
cantando, ¿es buena vecina?
Por muy mala la contemplo,

pues con sus voces da ejemplo
a los que en conversación
la casa, que es de oración,
hacen sarao y no templo.
  Cuando el sacerdote canta,
callad, hermana picuda,
que a veces la lengua muda
merece nombre de santa.
El perro leal me espanta
de ver que tanto amor cobre
al rico, que ladre al pobre.
Ésa es poca caridad,
que el pobre en la calidad
es oro, y el rico es cobre.
  También en reñir me fundo
los peces, que, cual los ricos,
los grandes tragan los chicos,
pegando esta peste al mundo.
Aunque el siglo es mar profundo,
no es bien despreciar los buenos,
que, si agora valen menos,
son norias los señoríos
donde bajan los vacíos
y vuelven a subir llenos.
  Ea, acábese el sermón,
con que cuantos aquí estamos
ensalcemos y sirvamos
al Divino Salomón;
él os dé su bendición.
¡Hermanos animalejos,
de los hombres sois espejos!
Adiós; tomen este pan
y mañana volverán;
daréles nuevos consejos.

Encúbrese el campo

De completas es ya hora;
quiero, mi Jesús, rezarlas.
¡Ay, quién oyera cantarlas
vuestra capilla sonora!
Aunque soy mala cantora,
yo sé, Amor, que no os pesara
si algún motete entonara,
haciendo a mis dichas fiesta.
Pero ¿qué música es ésta?

Aparécese con música San ANTONIO de Padua con el niño JESÚS y el ÁNGEL con una corona de flores

SANTA: ¡Oh luz apacible y clara!
JESUS: ¡Esposa mía!
ANTONIO: ¡Mi hermana!
SANTA: ¡Mi Jesús, mi San Antonio!
El Niño dé testimonio
de lo que vuestro amor gana.
ANTONIO: ¿Quieres tenerle tú, Juana?
SANTA: No soy digna como vos
de ese bien; gozaos los dos,
que, como en dichosos lazos
siempre le traéis en los brazos,
parecéis madre de Dios.
JESUS: De esposo te vengo a dar
esta sortija.

Dale una sortija

SANTA: ¡Qué bella!
Vos seréis diamante en ella,
que sois la piedra angular.
Bien hacéis en visitar
los presos, dueño querido.
JESUS: Juana, quien te ha perseguido
está a la muerte.

SANTA: ¡Ay, mi bien!
¿Quién me ha perseguido?
JESUS: ¿Quién?
Tu vicaria.
SANTA: Aquesa ha sido
mi madre y es mi abadesa.
JESUS: Siempre te ha querido mal,
y con castigo inmortal
lo ha de pagar.
SANTA: No es paga esa
digna del bien que confiesa
mi alma haber recebido
por su causa, que si he sido,
mi Dios, presa y castigada,
soy mala, y es mi prelada,
bien lo tengo merecido.
Habéisla de dar perdón
por mi ruego, Esposo santo,
Dadla doloroso llanto
y muera con contrición;
ablandadla el corazón,
o no os soltaré tan presto.
Mi Jesús, yo quiero esto.
¿Habéislo de hacer por mí?
Decid sí.
JESÚS: Digo que sí.
SANTA: ¡Echó mi ventura el resto!

JESÚS: ¿Qué me pedirás, esposa,
que no haga?
SANTA: ¡Ay, dueño amado!
JESÚS: Estoy muy enamorado
de ti.
SANTA: Y yo muy venturosa.

Pónela el ÁNGEL la Corona

JESÚS: Con esta corona hermosa
que Laurel, tu ángel, te pone,
tu constancia te corone.
SANTA: ¿Dejáisme?
JESÚS: Quédate a Dios.

Encúbrese

SANTA: Eso es quedarme con Vos.
Mi dicha el mundo pregone.

Sale sor María EVANGELISTA y MARI: Pascuala de monja

EVANGELISTA: Madre: la madre abadesa
se nos muere.
SANTA: Ya lo sé.
EVANGELISTA: No quiere que esté más presa,
sino que perdón la dé
de las culpas que confiesa.
MARI: Muestras de extraño dolor
tiene.
SANTA: Gracias al Señor,
que su pecho ha vuelto tierno.
EVANGELISTA: Teme que ha de ir al infierno.
SANTA: De eso no tenga temor,
que ni se ha de condenar
ni ha de ir al purgatorio.
EVANGELISTA: ¡Qué favor tan singular!
SANTA: Al eterno desposorio
mi Jesús la ha de llevar.
A vos, ¿cómo os va, María?
MARI: Como en vuestra compañía,
madre santa, que es del cielo.
Mas de Don Jorge recelo;
porque de nuevo porfía
a perseguirme después
que sabe que monja soy;

temo mi flaqueza, que es,
al fin, de mujer.

SANTA: Yo os doy
palabra que el interés
de su torpe amor, María,
ha de volverse este día
en devota pena y llanto.
Don Jorge ha de ser un santo.

MARI: Pedidlo a Dios, madre mía.

SANTA: Confiésoos este favor
de mi amoroso Señor,
que es muy largo y liberal;
yo he de dar bien por mal
si fue mi perseguidor.

Sale una MONJA

MONJA: Madre, la abadesa os llama;
porque dice que sin vos
todo es pena.

SANTA: Mucho me ama;
vamos, que a gozar de Dios
volará desde la cama.

Vanse las tres. Queda MARI Pascuala y sale otra MONJA con un cestillo de fruta

MONJA: Su padre, hermana, le envía
esta fruta; la andadera
se la trajo a la tornera.

MARI: Yo la estimo, madre mía.
¿Quiere de ella?

MONJA: Haráme daño
y soy mala comedora.
Adiós.

Vase

MARI: ¿Fruta mi padre ahora?
Regalo es si no es engaño.
El cestillo quiero ver.
Manzanas son y un billete.
Todo engaños me promete;
aquí he aprendido a leer
un poco. ¿Cúyo será,
que mi padre nunca escribe?
¿Si es de don Jorge en quien vive
el fuego que apagué ya?
¡Oh, qué mala fruta nueva
será y qué triste presente,
si es don Jorge la serpiente
que engaña con fruta a Eva!
¿Otra vez el corazón
rendís, mudanzas livianas?
¡Ay, hechizadas manzanas,
y ay, hechicera afición!
Imposible es no mirarle,
pues ha de ser, sin creerle,
abrirle para leerle,
leerle para rasgarle.
¡Las mentiras que habrá en él!
Una manzana ligera
engañó a Eva. ¿Qué hiciera
con manzanas y papel?

Lee la carta

"Para castigo de mi ingratitud basta ausencia de un mes; y para premio de mi amor que, como fénix, renace de las cenizas del pasado, determínate esta noche a aguardarme, a las doce, junto alas paredes más bajas de la huerta de esa casa, que,

pues no eres profesa en ella y yo sí
en quererte, a esa hora las asaltaré,
para que con secreto, si tú quisieres,
satisfaga quejas pasadas, o con el
alboroto, si te resistes, dé que decir
a todos. No aguardo respuesta, porque,
de una manera o de otra, tú sola lo
has de ser, a quien el cielo guarde.

Don Jorge."

Resuelto el mudable está.
Cielos, ¿qué responderé?
¿Persuadiréme y creeré
que don Jorge pagará
segundas prendas de amor
con promesas lisonjeras,
si despreció las primeras,
de más estima y valor?
No; mejor es excusar
el rigor de la justicia
de Dios. Mas ¿no soy novicia?
Segura puedo dejar
el hábito; ¡qué crüel
pensamiento! ¿Pagará
mi amor quien en arras da
de mi honor un vil cordel?
¿Dirélo a mi madre Juana?
No, que viéndome dudosa
podrá ser que rigurosa
me castigue por liviana.
Ya es de noche; ¿qué he de hacer?
Amparadme, Juana, vos,
pues, os suele decir Dios
lo que ha de suceder.

Vase. Sale solo LILLO, de noche

LILLO: ¡Par Dios, que me trae don Jorge
en buenos pasos! Mas son,
los pasos de la pasión.
El diablo temo que forje
alguna trampa en que demos.
Su mudable natural,
gozada Mari Pasqual
y empalagado, hizo extremos.
Dejóla, metióse monja,
y agora la privación
como si fuera eslabón
y el alma yesca de esponja,
tal fuego ha venido a dar
que, loco, hace juramento
que ha de entrar en el convento
y otra vez la ha de gozar.
Y a mi que toda la tarde
jugando he estado y bebiendo,
y quisiera estar durmiendo,
me manda que aquí le aguarde.
He cargado delantero,
que soy devoto de Baco,
y por mi devoción saco
soplando el ánima a un cuero.
Dos mil candiles y luces
me representan en vano,
y como soy buen cristiano
con los pies hago mil cruces.
Pienso que doy al través
tropezando, y por más mengua
pronunciando erres la lengua,
escriben equis los pies.
Sentado podré aguardalle.
¿Bostecitos? Brindis son,
al sueño; haré la razón
aunque me duerma en la calle;
que quien de Baco es amigo
y a tragos sus pechos mama,
jamás dormirá sin cama,
que siempre la trae consigo.

Sale don JORGE como de noche. LILLO se duerme

JORGE: Lo que desprecié deseo,
que es niño Amor, y apetece
hoy lo que ayer aborrece.
Ya tendrá Pascuala, creo,
el papel que la escribí;
su amor puede asegurarme
que debe ya de esperarme.
A Lillo mandé que aquí
me aguardase. ¡Buena guarda
tendrá en él mi pretensión!
Pero si mujeres son
tímidas, ¿qué me acobarda?
No esta la pared muy alta
para las alas de Amor;
pero no, que si es traidor
quien del rey la casa asalta,
¿qué será quien la de Dios
quiere escalar? Mas dejemos,
alma, temores y extremos,
porque no digan de vos
que amáis poco. Alto, cuidados,
subid, que no hay que esperar.

Entre sueños

LILLO: Digo que tengo de echar,
pues que soy mano, los dados.
Juega y calla.
JORGE: Si está dentro
quien adoro, ¿en qué repara
mi recelo? Subo.
LILLO: Pára.
JORGE: ¡Que pare! Pues ¿qué hay?
LILLO: Encuentro.

JORGE: ¿Encuentro? Luego ¿otro amante
la goza dentro? ¡Ay de mi!
Mataréle si es así.
Pasemos, alma, adelante
que éstos son todos encantos;
¿qué me puede resultar
de entrar y sacarla?
LILLO: Azar.
JORGE: ¿Qué será esto, cielos santos?
¿Quién mi daño pronostica?
¿Azar me ha de suceder?
Hechizos deben de ser
que aquella Juana fabrica
por que mi amor vuelva atrás;
pues en vano será.
LILLO: Espera.
JORGE: ¿Qué quieres, voz?
LILLO: Salte afuera.
JORGE: No quiero.
LILLO: Pues perderás.
JORGE: ¿Qué hay que temer?
LILLO: Mala suerte.
JORGE: Hechizos son, pero en vano;
subo.
LILLO: Espera, echa otra mano.
JORGE: Que eche a otra mano me advierte;
luego ¿no voy bien por ésta?
LILLO: No, vuelve otra vez a echar
el dado.
JORGE: Que vuelva a amar
otra mujer me amonesta.
No sé, por el cielo eterno,
lo que haga.
LILLO: Ya has perdido.
JORGE: ¿Qué?
LILLO: El alma paso.
JORGE: Sentido,
¿adónde vais?
LILLO: Al infierno.
Paso.

JORGE: Déjame gozar
a Pascuala, y venga luego
los que en el eterno fuego
se abrasan.
LILLO: Siete y llevar.
JORGE: Lillo es, por Dios, que, dormido,
mi amor ha puesto en cuidado,
pues todo lo que ha soñado
de mi mal presagio ha sido.
Aumentado ha mi temor
por lo que durmiendo acierta.
¡Borracho, loco, despierta!

Dale de coces

LILLO: Barato fuera, señor.

Levántase

Como has venido tan tarde,
que par Dios, que me dormí.
JORGE: ¡Buena ayuda tengo en ti!
Vuélvete a casa, cobarde,
y haz que venga alguna gente
por si fuere menester.
LILLO: ¿Quieres subir?
JORGE: ¿Qué he de hacer?
LILLO: Ya yo sé que eres valiente;
mas [ya] no es nada una escala
a estos tiempos.
JORGE: Vuelve aquí
con la escala.
LILLO: Harélo así.

Vase

JORGE: Las monjas que con Pascuala
están no pondrán en duda
mis violentos pareceres,
que huirán como mujeres
viendo una espada desnuda.
Mal hago; pero al fin sigo
mi inclinación; de ella espero
mi contento; subir quiero.
Amor, venid en mi ayuda.

Al querer subir, se aparece la SANTA arriba de rodillas, y a su voz se retira y estremécese, temeroso de lo que dice

SANTA: Don Jorge, ¿dónde vas? ¿qué es lo que intenta
tu juventud liviana?
Ten cuenta que mañana has de dar cuenta
a Dios, severo juez, y que mañana
te espera, cuando todos te hacen cargo,
larga cuenta que dar de tiempo largo.

Desaparece. Sale don JORGE, solo

JORGE: ¿Larga cuenta que dar de tiempo largo?
¿Y hasta mañana vivo?
¿Tan corto el plazo, tan probado el cargo?
¿Tan poco el gasto de tan gran recibo,
y que me aguarde, cuando más vicioso,
término breve, tránsito forzoso?
Alma, ¿sois de diamante?, ¿sois de piedra?
Si es la muerte el gusano
de Jonás, que la vida como hiedra
derribas, ¿qué esperáis, intento vano,
si mañana he de ver a lo más largo
terrible tribunal, juicio amargo?
Perdiendo la ocasión, perdí la vida
en la torpeza y vicio.
¿Qué espera, pues, un alma tan perdida?
Sin juicio viví, pues el juicio
no temí, que es por ser tan riguroso

aun a los mismos santos espantoso.
Todos son contra mí, todo me culpa;
no tengo cosa buena
que poder alegar en mi disculpa,
ni vale aquí el favor contra la pena,
porque es en tribunal tan espantoso
recto el Juez, y entonces riguroso.
Pues, alma, demos vuelta; si hasta agora
de vicios sois trasumpto,
que Dios perdona al pecador que llora;
no perdáis punto, porque en solo un punto
ganaréis si lloráis contrito y tierno,
punto en que va a gozar de Dios eterno.
Por un "pequé" perdona de improviso
Dios al salmista hebreo;
a Dimas da un momento el Paraíso;
por cambio, el cielo, en cambio da a Mateo.
Alma, en tu mano está, o el premio eterno,
o el penar para siempre en el infierno.

Sale LILLO

LILLO: Señor, ¿subiste ya? ¿Salió Pascuala?
Seis criados de casa prevenidos
traigo, que es cada uno un Rodamonte.
JORGE: ¡Ay, Lillo! Pues ¿podrán esos seis hombres
defenderme del trance riguroso
de un Dios que es Juez severo y poderoso?
LILLO: ¿Cómo es esto? ¿Ya hablas capuchino?
¿Qué has visto?
JORGE: La sentencia de ¡ni muerte;
mi mala vida, el libro de las cuentas
que ha de ajustar mañana Dios conmigo.
¡Ay del que espere dar cuenta tan mala!
LILLO: Que, en fin, ¿Ya no te acuerdas de Pascuala?
JORGE: Mortal estoy, yo siento que me muero.
Juana, si quien os ha cual yo ofendido
merece que por vos perdón alcance,
imitad vuestro eterno y santo Esposo,

que por sus enemigos a su padre
rogó en la cruz; pedilde que no muera
sin el dolor perfecto de mis culpas;
no permitáis que para siempre pene,
no permitáis que mi alma se condene.

LILLO: Salud tienes agora, mozo eres.
¿Quién te metió en los cascos que te mueres?

JORGE: Mañana pagaré el común tributo.

LILLO: Aún no tan malo si me cabe un luto.
Di, ¿qué tienes, señor?

JORGE: Culpas sin suma;
la justicia de Dios es libro y pluma.

LILLO: ¿Tú eres don Jorge?

JORGE: Soy mortal que basta.

LILLO: ¿Qué temes?

JORGE: Del alcance el mal descargo,
larga cuenta que dar de tiempo largo.

Vanse. Salen la SANTA y las MONJAS

EVANGELISTA: Madre: ¿que os vemos ya libre?
¿Que se alegra vuestra casa
otra vez con vuestra vista?

MONJA 1: ¡Que por vuestra oración santa
murió la que os perseguía
como un ángel!

MONJA 2: ¿Quién no alaba
vuestra virtud, madre nuestra?

SANTA: Hijas, demos muchas gracias
a mi soberano Esposo,
pues goza nuestra prelada
de su presencia divina
en su celestial alcázar,
y dadme los brazos todas.

MONJA 3: Corridas y avergonzadas,
las que antes la persiguieron,
la piden perdón.

De rodillas todas

SANTA: Hermanas,
alzad del suelo, abrazadme.

Sale MARI Pascuala

MARI: Madre mía: pues alcanza
todo lo que a Dios le pide,
duélase agora de un alma
que en el trance de la muerte,
invoca su ayuda santa.
Don Jorge se está muriendo.
Quísele bien, madre amada,
sentiré que se condene
por mí, que he sido la causa
de los desatinos suyos.
SANTA: Esas lágrimas me agradan;
lástima tengo a don Jorge.
No permita Dios que vaya
al infierno. Hermanas mías,
lloremos todas, que alcanzan
las lágrimas cuanto pueden.
Todas al coro se vayan
a rogar a Dios por él,
mientras que yo, arrodillada,
suplico a quien derramó
por él su sangre en el ara
de la cruz, que no permita
tanto mal, desgracia tanta.
MARI: Vamos, madres, que ya voy
con cierta fe y confianza
que don Jorge ha de salvarse,
aunque son sus culpas tantas.

Vanse

SANTA: Hoy es Viernes de la Cruz
y de la Semana Santa
el día más misterioso,
de más dolor, de más gracia.
La cruz tiene a Dios clavado,
que es su tálamo, su cama,
su cátedra, su palenque,
su esposa, su enamorada.
En otra cruz quiero yo
ponerme, que, si le agrada
tanto la cruz á mi Esposo,
¿quién duda que por su causa
me dará cuanto le pida?

Crucifícase

¡Ay mi Dios, y quién pasara
en este madero santo
los tormentos, penas y ansias
que pasastes Vos por mí!
¿Yo el pecado, Vos la gracia;
yo en regalos, Vos en cruz;
Vos con tormentos, yo sana?
¡Ay Jesús del alma mía!
Vuestros dolores traspasan
mi abrasado corazón,
mis encendidas entrañas.
¡Ay Seráfico Francisco,
quién con las insignias santas
os viera que el Serafín
os dió por joyas preciadas!
Vos que imitación de Cristo
sois vos en quien se retrata,
vos en quien su pasión pinta,
vos en quien puso sus llagas,
venidme a ver y lloremos
los dos el ver cuál maltratan
los lobos nuestro Cordero.

Aparécese San FRANCISCO en cruz con el serafín, como se pinta

S. FRANCISCO: Contigo estoy, hija cara.
SANTA: ¡Oh, Alférez de Dios humano,
dosel donde están sus armas,
imitación de su vida,
depósito de sus llagas!
Desde aquí las reverencio;
Mayordomo de su casa,
vos sois sus pies y sus manos,
su magnate, su privanza.
Bien os están los rubíes;
buen provecho, santo, os hagan.
¡Qué envidia tengo de veros,
si envidia puede haber santa!

Aparécese CRISTO crucificado

CRISTO: Hija: porque no la tengas
y porque no es razón haya
cosa que no comunique
con su prenda quien bien ama,
ven para que imprima en ti
las señales soberanas
de mi pasión y dolores.
SANTA: Yo, Majestad sacrosanta,
no merezco tal merced,
ni los que os ven cara a cara
en vuestra divina corte
son dignos de merced tanta,
cuanto más un vil gusano
como yo, aún menos que nada.
CRISTO: Esposa: yo gusto de esto.
SANTA: Si Vos gustáis, vuestra esclava
soy, amantísimo Esposo;
vuestra voluntad se haga.

Va subiendo la SANTA y CRISTO bajando hasta el medio del tablado, y allí se juntan y abrazan en cruz los dos

SANTA: ¡Ay qué dolor, Jesús mío!
¡Que me muero! Basta, basta,
que las llagas que me dais,
el corazón me traspasan!

Apártanse y queda la SANTA en cruz en el aire con las llagas

CRISTO: Hasta mi Ascensión gloriosa
has de estar así.
SANTA: ¡Hay tal paga
de amor y de voluntad!
No oso mirarme adornada
con joyas de tanta estima.
S. FRANCISCO: Hija: ya mi dicha igualas.
SANTA: No hay con vos igual ninguno,
Seráfico Patriarca.
Pero, Esposo de mi vida,
no es día hoy de negar nada;
don Jorge se está acabando,
no permitáis que su alma
se condene.
CRISTO: Ya murió,
y por amor de ti, Juana,
padece en el purgatorio.
SANTA: Yo os doy infinitas gracias,
Señor, por tantas mercedes.
CRISTO: Abrázame, prenda amada.
SANTA: ¿Dejáisme?
CRISTO: Contigo quedo.
SANTA: Sí, que siempre mi alma os aguarda.

Vuelve CRISTO a bajar, abraza a la SANTA, desaparécense y queda la SANTA en el aire sola

¡Qué rica estoy de rubíes!
Si el avaro el oro guarda,
joyas, guardaros pretendo,
porque nadie os vea en casa.
Las cinco quinas me ha dado,
sin ser yo reina, por armas
mi Esposo; mas como es Rey,
razón es que yo las traiga.
Voyme a contemplar en Vos,
mi manirroto Monarca,
que si a mí me ven mis monjas,
querrán decir que soy santa.

Encúbrese, salen algunas MONJAS y sor EVANGELISTA

EVANGELISTA: El Emperador está
otra vez, madres, en casa,
que con venir de camino
quiere ver la madre Juana,
y luego a Madrid partirse.
MONJA 1: Vamos, pues, madre, a avisalla
y abrid las puertas, que al César
no ha de haber puerta cerrada.

Vanse. Salen el Emperador CARLOS, ACOMPAÑAMIENTO y los LABRADORES

CARLOS: A no atajarle la muerte,
vuestras injurias vengara.
MINGO: Pues es muerto, gran señor,
no queremos más venganza
ni en premio de la lealtad
que siempre este pueblo guarda,
sino ser vuestros.

CARLOS: Yo aceto
tan fiel y justa demanda.
No tendréis otro señor.
CRESPO: Vivas más años que sarna
y que ha que en Castilla viven
las coplas del perro de Alba.

Salen las MONJAS

MONJA 1: Dadnos, señor, esos pies.
CARLOS: Alzad; religiosas santas.
del suelo, alzad de la tierra.
¿Dónde está la Madre Juana?

Descúbrese como estaba antes

MONJA 2: Hala concedido Dios
la maravilla más alta
que, despues de San Francisco,
gozó crïatura humana.
En manos, pies y costado
impresas tiene las llagas
de su soberano Esposo,
en quien está transformada.
Véisla, gran señor, aquí.
CARLOS: ¡Oh, gloria de nuestra España!
¡Oh, pies y manos dichosos!
Mil veces quiero besarlas.
¡Que haya mujer en el mundo
en Toledo y en su Sagra
que tanto de Dios alcance!
De ternura se me abrasa
el corazón, madres mías;
estimad tan grande santa,
guardad tan preciosa joya.

UNOS: ¡Gran milagro!
TODOS: ¡Cosa extraña!
CARLOS: Vamos, que no somos dignos
de vista tan soberana.
¡Oh, portentosa mujer,
no cesen tus alabanzas!
UNO: Si esta segunda comedia,
Senado ilustre, os agrada,
con la tercera os prometo
fin de maravillas tantas.

FIN DE LA COMEDIA